陈雪萍

著

南山或野百合

NANSHAN

HUO

YEBAIHE

中国民族文化出版社

北京

图书在版编目（CIP）数据

南山或野百合 / 陈雪萍著 . -- 北京 : 中国民族文
化出版社有限公司 , 2025.1
ISBN 978-7-5122-1789-8

Ⅰ.①南… Ⅱ.①陈… Ⅲ.①短篇小说—小说集—中
国—当代 Ⅳ.① I247.7

中国国家版本馆 CIP 数据核字 (2024) 第 030356 号

南山或野百合
Nanshan huo Yebaihe

作　　者　陈雪萍
责任编辑　孙　洋
责任校对　杨　仙
出 版 者　中国民族文化出版社　地址：北京市东城区和平里北街 14 号
　　　　　　邮编：100013　联系电话：010-84250639　64211754（传真）
印　　装　四川科德彩色数码科技有限公司
开　　本　880mm×1230mm　32 开
印　　张　5.5
字　　数　138 千字
版　　次　2025 年 1 月第 1 版
印　　次　2025 年 1 月第 1 次印刷
标准书号　ISBN 978-7-5122-1789-8
定　　价　82.00 元

目录
contents

南山或野百合

"既然不能选择来到这个世界时的模样,那么,最好在还能选择时就决定自己离开这个世界时的模样。"

白芷这孩子,她的样子让我知道她一定在这么想,我知道她看过《入殓师》。

亚麻色的长发在白床单上散开成老家屋后那一片群山的模样,光滑的皮肤渐渐冷凝成11月清晨覆霜的萝卜地颜色,小时候乌黑的眼珠慢慢黯淡,像是10月末架子上被麻雀遗忘的最后两颗葡萄……

在冷峻的输液杆和水蛇样的管子中间,她像老家屋后山崖边那株百合,曾靠着对面树梢反射的阳光努力生长。那是她在一个个心底空荡荡或是心底想要撕裂的午后发现的秘密,没有告诉过任何人。

城市冬日午后的阳光晒不透病房的双层玻璃窗,房间里的暖气无法使她体温不再下降。被"敌草快"侵蚀的皮肤绽放出紫色的蘑菇斑,不像她想象中的那样瞬间壮烈,死神也足以向她致敬默哀。

在即将跨过地狱门槛的时刻，她脑海里肯定在放电影一般，那个她生活了 16 年的小山村正幻化成一张张胶片。我姥姥，也就是白芷姥姥的姨妈，临终前的几天里就是那样，一遍遍叨叨小时候的事情，在她尚健壮的时日从没有给我们提及过的小事情。我们这些从山村走出来的人总是爱回忆，而回忆又总是抹去不快，把一切覆上一层让人舌尖愉悦的糖浆。

水磨家的丫丫

水磨村的老人只记得她叫"丫丫"，或是"水磨家的丫丫"。

那是秦岭南麓的一个山村，距离见证她生命最后时刻的这座城市 252 公里。

倚山的房屋前面是一条不大不小的河流，水自山上来。河水欢快，上帝在史前就撒落在这里的石头有青的，有白的，大大小小，曾经有孩子们赤着脚丫子在上面嬉戏，小鸟也可以站立在上面。石头散落砸下的坑就成了水潭，当年在里面洗澡摸鱼的男孩儿都已散落他乡，或业已作古。

清晨的太阳照到那座住了至少三代人的房檐前时，已经伺候一家人吃过早饭洗刷完毕的姥姥坐在檐下梳头，猪儿在圈里吧唧吧唧地吃着饭食。姥姥把自己的头发梳得溜溜滑滑，用姥爷的话说就是"苍蝇拄拐棍都爬不上去"。姥姥又用两条温暖的腿夹住白芷，给她编好辫子，插上货郎送的塑料蝴蝶结头花。那货郎两三个月来一次，扁担挑着两只筐，里面装着针头线脑、红头绳、袜子、香皂、擦脸油等，随同他一起带到这个隐在大山沟的小山村的，还有这里的老人们没见过的花花世界。"俺那边不走山路，街道里任啥儿都有，五毛钱就能买碗面吃，豆腐两毛钱一斤，不用自个儿做……"头发花白，瘦高如路边渐枯白杨的货郎热情地滔滔不绝，顺手从筐子里给这家的娃娃拿双尼龙袜子或是一截红头绳、蝴蝶结之类的，算是对这家主人留宿管饭的回报。

太阳从东山移到西山，冬天的夜来得总是早，姥爷身上汗水和烟叶混合的气味让白芷昏昏欲睡，山外来的说书人还正在从张飞、关羽开始说起。睡觉时姥姥缝制的被褥下铺着的麦草散发出的夏天气息让她手舞足蹈，姥爷用胡须扎扎她，在她咯咯的笑声中睡去，呼噜声让老鼠颤颤巍巍。

"城里人多得跟蚂蚁似的，路上车多得人插不进去脚，人都住在火柴盒样一层层摞起来的房子里，门对门、墙挨墙的人都互不搭理，解个手都离不开钱……"白芷快要出生时，舅舅白全回来把姥姥接到那个可以看到香港的海边城市。"海跟天是一样的，没有边儿。"姥姥常这样给姥爷讲。

姥姥伺候快要临产的女儿白娥时，每天在电炉子上给她炖自己带去的猪蹄和黄豆，还有自己养的老母鸡。当医院第二次催交费用，那个只有白娥认为他是孩子父亲的男人看了一眼账单，上面包括产道撕裂的手术费、孩子黄疸的诊疗费、切除第十一根脚趾的手术费等，他转身下楼去。直到护士来催，再不交费打针的药就续不上了，还是没见那个男人回来，自此，他就从白娥一家人的视野里永远消失了。

姥姥还没记住那个人的名字。当孩子满月，出租屋里还剩一棵白菜、两只猪蹄、一把挂面，孩子把白娥的乳房吸得像丝瓜瓤儿也没有奶汁时，白娥才想起自己对那个男人几乎一无所知。至于他上班的工厂，工人来来去去像蚂蚁，谁也不记得谁。

"回去咋活？地里刨一年还不够我买两身衣服！"白娥一边

嘟囔，一边往脸上扑白粉，她要继续去工厂做工。舅舅白全把姥姥送上回家的火车，姥姥抱着还有两天才满月的白芷。

姥姥是在把白芷接回来后五年三个月零四天时去世的，现在，坟上的花圈已经朽坏，坟头的石缝里长出紫色地丁。姥姥知道自己将不久于人世时很平静，她从山上扒下枯黄的桦栎树叶子给圈里即将生崽的母猪垫了窝，给地里的白菜套上麦草编织的外套，把攒下的26枚鸡蛋腌在坛子里；还在正午时分将柜子里的衣物都挂在院里的草绳上暴晒，将那些开了线的、少了扣子的衣服都一一缝补好。

下午，乌鸦在后面山上呱呱叫。夜深人静时，她悄声告诉自己的老头子——白芷的姥爷："将来记着给丫丫交代桂花树下石凳底那个罐子。"那时候的白芷还不叫白芷，他们叫她丫丫。

那个罐子！姥姥从那个罐子想起自己已经作古多年的婆婆——白芷那没见过面的太姥姥。

唉，人哪，就像那水磨轮子哩，一轮轮地转哪！姥姥的婆婆行将就木时也是这样感叹。

1934年，白芷的太姥爷被抓了壮丁之后3个月，太姥姥生下了白芷的姥爷。从河南过来的红军路过这里，借太姥姥的房子开会，门里一边一个兵娃娃，手按在腰上。太姥姥在院子里一会儿铡牛草，一会儿扫场院，眼睛来回看那条土路的两边。

第二天，红军用枪指着地主王有发，让他把粮食拿出来，堆放在磨坊前的场子上，由红军队伍里的一个首长主持分给穷人，把王有发的地分给了他的长工们，磨坊被分给了白芷的太姥姥，红军走时，还给太姥姥留下3块大洋。村里几个壮年男子也跟着部队走了。自那儿以后，白芷的太姥姥一边照管水磨，给人磨苞谷、磨麦子，一边奶孩子。年轻点儿的男人们都走了，剩下被红军奖励和授过权的在红军走后不到3个月，大都被敌人拉到河边砍头、活埋或是绳勒而死，河里的水红了3个月，磨坊也停了3个月。

"我家那个死鬼要是不走，多半也是这个遭遇。"太姥姥心想。她守着永不停息的水磨，在等待丈夫归来的一个又一个时日里，看着儿子白忠——白芷的姥爷，跟门前的桂花树一起一天天长高，到了该娶媳妇的年纪，身上也还是沾满永远也抖不干净的面粉。

村子里鲜见男人的身影，年复一年守着转动不停的水磨，在一群寡妇和婆姨的目光中成长起来的白忠，性子木讷，就像没有阳光照耀的韭菜，他父亲白朗那一辈男人们骨子里的血性在他身体里沉睡，因缺乏刚性磨砺而消萎。见识过刀枪血溅的太姥姥刚强淡定，她用日夜操劳来守护岁月安稳，只要母子相伴，她宁肯儿子温顺如绵羊。

在山外缺吃少喝的年头，路过并在她家磨坊歇脚的货郎牵线，用两石苞谷、一石麦子和100斤棉花做聘礼，从川道里给儿子娶回了媳妇——白芷的姥姥。

快呀，一眨眼的工夫呢。姥姥在一声轻叹中闭上眼睛。

第二天清晨，睁开睡眼的姥爷发现老太婆没有如常起来做早饭，丫丫在她怀里酣睡。姥爷推开屋门，外面是雪的世界，雪地上，一串梅花形足印伸向屋后，姥爷循着印迹，跟到了半坡，看见印迹消失于白芷姥姥生前和姥爷选定的坟地那儿。

村里几乎没有45岁以下的人了，姥姥在冷清的葬礼中走完自己安静简单的一生，无法将去世的消息传递给在南方靠近大海边的城市里漂泊的儿子，还有白芷的妈妈白娥。

她们像蛾子一样扑扇着翅膀离开了村子

经过多年风吹日晒雨淋和城市里璀璨灯火烤炙，记忆行将褪色。看着躺在床上如同还未完全绽放却又行将凋零的野百合一般的白芷时，儿时家人们围炉夜话的陈年旧事又在我脑海里清晰。皆因为我打小就有的习惯——打破砂锅问到底。那时，总是被我一串串"为什么"搅得不厌其烦的姥姥总是用这句话结束我的追问。

不错，我是想从那里面检索出什么，比如：野百合未及绽放就凋零，是因为缺少阳光、没有雨水、土壤贫瘠、山羊啃噬等原因中的一个或几个。那么，白芷呢？

5 岁半的白芷常常去水磨边玩耍，身后那只黑猫摇着尾巴扑蝴蝶。

磨坊离她家烧一锅开水的路程，一大间土墙瓦顶的房子，跨在一个大水轮上面，水轮从太姥姥在世时就在转动，水却不知从哪朝哪代开始流到现在。

白忠的媳妇，即白娥的母亲，也就是白芷的姥姥，管我的姥姥叫姨。她继承了我姥姥一样的贤惠善良持家的品质，对于贫困有着天然的承受力，不，在那个几十年如一日的山村里，她们觉得日子平稳就好，没有贫穷和富裕之分。外面的世界离她们很远。

在她正值壮年时，只在婆婆呓语一样的唠叨中听说过的公公白朗从一个叫新疆的地方寄信回来了。婆婆把随信寄回来的一个沉甸甸的包裹像剥玉米皮那样一层层打开，当看清里面是一袋银圆而不是人骨头之类的东西时，她麻利地合上包裹，盯着正看信的白忠，"念呀！"她说。白忠嗫嚅着告诉母亲："是我爹吧？他说他很想吃你做的洋芋糍粑，但有生之年怕是吃不上了。"

"死鬼，就知道个吃。"她嘟囔完，紧接着一边对儿子嚷嚷，"快去问问学校的刘老师，包裹从这儿到'生姜'那个地方要走多少天？"一边撸起袖子，到门外地窖里刨洋芋去了。

那晚，她们一家人之间又多了一个桂花树下的秘密。

我看向窗外，天色阴沉下来。床上一阵轻微的窸窣声，白芷睁开眼来，她扭动身子，嘴里似在呢喃。我靠近了些，连忙将一勺温开水递到她唇边。"妈妈，我痛……"她蹙紧眉头。妈妈！我第一次从她口中听到"妈妈"！自从姥姥把她从那座海边城市带回来之后，在她的成长岁月里，妈妈——白娥在她的记忆里只是一个闪着光亮的背影。

白忠和母亲、妻子一起种下那个秘密的第三天，白娥出生在桂花树下，啼哭过后就瞪眼望着桂花树梢。白娥一岁六个月时，母亲又为她生下弟弟白全。到了能爬高上低的年龄，白娥就常引着弟弟挂在桂花树枝上，或是骑在桂花树杈上，向远处看，南边看到河流拐弯处，扭头向北，就看到磨坊转动的水车，母亲和父亲整日守在那里忙活儿。

奶奶常在桂花树下，淘麦子啦，择菜啦，晒红薯干啦，缝补啦，反正手上总是没闲过，嘴上也不得闲，两个小鬼在树上有各种的想法要问她。

"奶奶，快看，月亮上那一块黑影是啥子？"白娥问。

"桂花树，吴刚在树下酿桂花酒。"奶奶头也不抬就回答了。

"奶奶，吴刚是咋上到月亮上去的？"白全问。

"肯定是飞上去的，嫦娥都是飞上去的。"白娥抢着回答。

……

那些时候，白娥的奶奶以为这山里的日子就会这般安稳地一代代过下去。

白娥和白全背着书包去上学了，回来给奶奶念书本上的课文，有北京天安门，有长江和黄河。有一天，还念到了那个"生姜"，说那里牛羊成群、瓜果飘香。就是那一年，政府鼓励让大家去新疆摘棉花，可以增加家庭收入。白忠带着母亲的嘱托，背着洋芋糍粑去了那个遥远的地方。几个月后，在迎接白忠回家的那个晚上，母亲看着把头埋进碗里吃饭的儿子白忠，等他抬起头，说点什么。终于等到白忠最后咂巴一下嘴，抬头看到母亲殷切的眼神，"他不在了。那边家里都好。"

自此，奶奶的世界陷入永久的沉寂。

眨眼间，孩子们都跟爸妈一般高了，奶奶耳朵也背了，偶尔看到孩子们嘴巴在动，耳朵里听到的却像是鸟雀叽喳或水车哗哗。孩子们不再黏着奶奶，她总是坐在墙根下发呆。他们常跟村里其他伙伴们厮混，直到两个都相继放下书包不再去学校。

"爹，娘，过完年我想跟大妮一起去深圳。"白娥对父亲白忠说。爹娘最远就去过县城，再远的地方他们脑子里想不出来跟县城有啥不一样。县城里的人脸比咱这儿的人白，走路脚抬不高。

女大不中留，去就去吧。上沟的招娣去年回来给她爹娘买了新衣服，还给她爹买了烟酒，还有闪闪发亮的手表，听人说招娣就是去的那个有海的地方。

现在已经很少有人来磨坊磨面了，沟外村主任家置办了一个电磨坊，电动机磨面，磨得又快又细。只有几个年老挑不动挑子的老邻居还来这儿磨面。

过完年，白娥就像一只蛾子一样扑扇着翅膀离开了村子。

当她年底跟大妮回来时，白忠腕子上也有了手表，过年也喝上了玻璃瓶的酒，一家人身上也换上了洋布衣服。

那些天，白全跟在白娥身后，仿佛白娥就是嫦娥，知道怎么飞到月亮上去。

夜晚躺在床上，白娥的娘踢踢白忠的脚："嗳，你得把主意拿正啰，甭让白全起那个心思。女孩子，迟早是要出去的。儿子得留在家里，别出去耍野了。"

爹和娘提前跟白娥也交了底："已经有人给白全提亲了，你不能让他动往外跑的心思。"于是，甭管白全怎么厮缠，大家都没答应他的请求，直到3年后，他那结婚8个月的媳妇去城里网吧打工后便不辞而别。

"海蓝得一眼望不到边，哪儿像咱家门前那条河呀。"第一次见到海的白全跟姐姐白娥说，那时，他已打算把小时在河里摸鱼的记忆从脑海里抹去，如同白娥一样。在这楼房比老家树林子还要密，漂亮衣服比老家田里玉米还要多的城市里，她一天天地光鲜闪亮起来，如果待在老家那被烟熏黑了的土房子里，不就像把百合花栽在臭水沟里嘛。

闪光的妈妈

"妈妈，我腿冷，脚冷……"

白芷动了动，看得出她想努力睁开眼睛，然而因毒液侵蚀而肿胀的眼皮无法抬起，我攥着她那越来越冰凉的指尖。

　　或许她以为，这时候在她身边的肯定是她的妈妈，就像无数次梦中展现的场景，她依偎着妈妈，在海边金光闪闪的沙滩上。

　　白芷对妈妈的第一次记忆是在她3岁那年的夏天。白芷正在场边和小伙伴玩"和泥巴"时，"丫丫"，随着一声呼唤，眼前出现一道光亮，她抬起头，面前那个人周身散发出光芒，仿佛刚刚从太阳上下来，只见那人的头发闪着金光，眼睛闪着葡萄一样的紫光，鼻子泛着白光，身上是红光，光亮和着像桂花又像桔梗花的香气让她眼泪流出来。

　　"丫丫，叫妈妈……"姥姥对白芷说。

　　晚上，白芷从我讲给她的狼外婆的故事梦境中惊醒，看到身边是白天那个发光的人，头发披散着，嘴巴半张着，她"哇"地哭出声来："姥爷，姥爷，我要姥爷……"

　　也就是两天光景，那个闪光的妈妈要走了，"丫丫跟我不亲！"闪光的妈妈一边说一边跨出门槛，给她留下的是一堆裙子和芭比娃娃，可这时，白芷想要闪光的妈妈抱抱她。那一团光越走越远，直到一个亮点转过山坳消失不见，她把白芷的太阳也带走了，白芷眼前一片黑暗。

　　"妈妈，把我的骨灰……撒到……大海里……"

　　白芷第一次见到大海，是在她5岁那年的夏天。白全带着一个闪着银光的女子回到村里。"丫丫"，舅舅白全叫她，正在帮姥爷拌猪食的白芷眼前又是一阵闪亮，她抬起头，不知那个挽着舅舅手臂的人和她记忆中的"发光"人是不是一个。

　　"不是，这个人不是妈妈。"白芷从那闪着银光的女子眼中看到了不一样的光，虽然她也给了白芷芭比娃娃和花裙子。"这是你妈妈给你的。"舅舅白全说，这个染黄了头发，穿着有大海和椰树图衬衫的舅舅跟之前的舅舅不一样了。原来，舅舅把一捧黄豆埋在土里说要给她变魔术，几天之后带她去看长高鼓起的土堆，问她："神奇不神奇？"那个舅舅哪儿去了？白芷这么想着就把手往回缩了缩。

"咱回去吧，这儿到处都是猪圈的味道。"那个闪着银光的女子发着嗲对白全说，她们回来才只住了一个晚上呢。那个女子看着既想走近又随时准备抽身的白芷，对白全说，"山里的娃都是秃羞子！"

白芷不懂啥叫秃羞子，可白芷心底还是希望家里能有银光闪着，吸引了几个小伙伴天天来看。

"全，把白芷带去，让她见见她妈妈吧。孩子这么大，才见过她一次。"姥爷对白全说。

几天后，白芷第一次见到了海，那么那么大的大海，闪着银光的大鸟在海上飞翔，翅膀上闪着太阳的光芒。"那是海鸥。"妈妈白娥对她说，她想像那边的孩子一样，把头在妈妈白娥的怀里靠一靠，让妈妈亲一下她的额头，然后她就撒欢地跑开去捡贝壳。可最终，她没有靠在妈妈怀里，妈妈也没有亲她，她只是静静地坐在沉默的妈妈白娥身边，看那闪着光的海鸥飞近，又飞远。那时，白芷没想过，这是她最后一次见到海。

"丫丫，你要回去上学了。记住，要好好学习啊。"妈妈白娥和白芷一起坐火车，把白芷又送回那个村儿，把白芷和2000块钱、几套新衣服、一个书包一起留下。还给父亲留下了一句没有告诉过白芷的话："爹，我还年轻，要成新家。不能让人知道我生过孩子。你要是养着费劲，有合适的人家，送给人家吧，兴许比在咱家还享福呢。"

然后自己像海鸥一样，扇着银色的翅膀，从白芷的世界里飞走了。

"妈妈／求你了／死后别把我和任何人埋在一起／我真的很喜欢大海／火化后撒入海里吧／这是我最后的心愿。"

她在手机里留下这条遗愿。

"她的心是空的……"

傻孩子，为啥一直念叨的是那个只见过两次面的妈妈呢？是不是她以为，以这样的方式在网络的海洋里激起涟漪，总是能让妈妈想起她吧。

白芷有过一个新家，短暂的。如果说，那是一个错误的话，我也有份。那时，我不懂白芷，我以为吃好穿好就称得上家。

春节假期，受妈妈所托，我去看望白芷和她的姥爷，"你表姨夫生病了，孩子可怜。"也已年迈至只能安安静静守在家里的妈妈说。

"辰，你和你妈妈都是好人，年年记得来看我。"白芷姥爷握着我的手，那双似百年枯树根样的手很暖和。11岁的白芷怯怯地看着我。"辰，你在外工作，路子宽，看有没有合适的人家，想要孩子的，把丫丫领去吧。我一天天老了，孩子咋办？"白芷的姥爷声音发颤。

白芷的妈妈在领白芷看海之后的第二年再嫁，一年半后离婚。现在跟着一个大她许多岁的台湾归来的老板，怀了孕。白芷的舅舅在那边就没正经成过家，现在也几无音信。这些，都是我妈妈从其他人那里听说的。

我把白芷姥爷的想法记在心里。不久，白芷就到了一个新家里。在白芷的眼里，那是一所宽敞明亮得闪闪发光的房子，"妈妈也是在这样的房子里吗？"睡在又宽又软和的床上时，白芷常这样想，"如果是的，我在这房子里是不是也会像妈妈那样发光？"

这个新家的女主人和男主人有过孩子，到了要成亲的年纪，喝酒后飚摩托车撞到一棵大树上，再也没能起来。

白芷来到这个新家不久，她好像开始发光了，先是衣服上发光，上面有好多亮片，然后是头上发光，新妈妈给她买闪光的发卡，"你头发要两天洗一次，用发卡拢起来，披头散发像个啥？"新妈妈说。再然后，是脸上发光了，"每天早上吃一个煮鸡蛋，看你那瘦的猴精样儿。"新妈妈一边说，一边把白芷的背往前推了推，"坐直了，别弓着腰像个大虾米。"

6个月后，妈妈给我打电话，"辰，你跟那家人说一说吧，孩子在乡下待得久，又没有爸妈教导，好多习惯要慢慢养成，急不得。你们这些在亲妈跟前长大的孩子，还不是天天唠叨都不管用嘛。"原来，白芷在一天下午回到姥爷那里去了，"丫丫一回来就抱着猫一直淌眼泪，我看娃比以前白净，衣服也穿得好，问她咋了，她死不吭声。"白芷姥爷在电话中给我妈妈说，"到最后，她才说，那个妈妈让她回来。"

"娃的习惯真得从小养成。到了这个年龄真的很难改，前边说后边忘，哎……"白芷的新妈妈对着我唉声叹气。

"姐，白芷还算乖巧的，就是打小没爸，妈也相当于没有，疼她的姥姥走得早，姥爷又是个忠厚老实的农村人，不会讲究这些生活习惯。有您调教，想来养成也快。"我对白芷的新妈妈满怀期待，"我家小孩比白芷大两岁，一样呢。白芷在家还能帮姥爷干活儿，我那个，衣来不想伸手，饭来还嫌不可口。"

"这娃学习也跟不上呀，老师说她现在的学习能力和知识水平相当于三年级，比同班孩子差了两个年级呢。"白芷新妈妈操不完的心，"我给她报了补习班，每天回来先检查作业，看她在那儿写作业，只要我一转身，她就在那儿用笔点着纸，眼睛看窗外发呆……"

"娃小，肯定会想家，想跟其他孩子一样需要关怀和温暖。"我摸摸白芷的头，轻轻把她往新妈妈跟前推了推。

"我实在气不过了，说她，'你要是嫌这儿不自在，就哪儿来还回哪儿去。'我那是将她呢。"新妈妈说。

走出院子时，我没有回头，我知道白芷在墙角看着我。

又是6个月，白芷再次回到水磨村，是新妈妈那边几个人一起开着车带着她的吃喝穿用一应物品把她送回来的。

"这孩子心是空的，父母没给的，我这个外人更没法补回来。"那个新妈妈在电话中说，她听了一个心理学博士的建议，才下定决心把娃送回来。之后，她从医院领养了一个刚出生的孩子。

白芷又可以和姥爷、黑子、水车为伴了。她脱下新妈妈给买的新衣服，叠好放在姥姥生前装衣服的箱子里。换上旧衣服给姥爷煎药，知道把煎两遍的药汤混在一起，晾温后端给姥爷。她去田里除草，顺便带回猪喜欢吃的野菜。她会像姥姥那样每天早上起来给姥爷煮红薯稀饭……

3个月后，姥爷在她的伺候中安静地离去。

妈妈嘱托我，找找教育部门，把她安置到县城边一所寄宿学校，周末可以去我妈妈那里。

她的成绩总是跟不上，"娃总是不爱说话。"妈妈跟我说。"姨姥姥，我不念书了。"高三还有半年时，她坚定地对我妈妈说。

然后就收拾东西不辞而别，翻过秦岭，去了离家200多公里的城市。

不久，我那86岁高龄的妈妈也去了她笃信的天国。

柜子里的白色和黑色让我印象深刻

"我之前还有一个1869192××××的电话号码还没有注销，有空儿的话也记得帮我注销一下吧。"

"我所有银行卡注销了。"

"剩下的也没啥了。"

"就剩支付宝和微信没注销了，这两个记得帮我注销一下。如果注销不掉的话，我电话号码被回收以后，微信和支付宝就会被别人登录上。"

"我租的房子还有3000的押金没有退。"

当白芷也跟她妈妈白娥一样到城市里漂泊之后，我见过她一面，那是听说她辍学到我所在的城市之后，我设法联系到了她，因为这时已经有了手机。我在下班的路上见了她并同她一起吃了便饭，送给她一条围巾，带她到我家里聊了聊，大概是关于如何希望她继续学习，她摇摇头，说："我想当导游。"于是，我就说，那也好，只要喜欢，就边打工边学习，也挺好。

城市里的每个人都说自己像西西弗斯，生活如越来越多的高速路一般，踏上去就慢不下来，更停不下来了。此后，她的许多事儿我便不清楚了。

距离上次见她还不到一个月。

常安刚刚入冬，还要半个月才开始供暖。同往常一样，晚上9点半，我把手机闹钟定在7小时58分钟后，来电设置为震动，关灯睡觉。

当"嗡……嗡……"的震动声响到第三下时，我方才辨别出自己身处何地，判断出声音来自哪里。

尽管是陌生号码，我还是下意识地接了。来电话的是一个年轻男子，他说自己是白芷的朋友，深夜看到白芷发的微信，交代后事，然后就联系不上了……

我没有去想他怎么知道我的电话，冷静几秒后，从他那里了解到白芷租房地点。我打开白芷的微信，头像是一个黑框，发信息，显示"拒收"，打电话，无法接通。

我拨打110报警，两分钟后，白芷租房地所属辖区派出所民警打来电话询问情况和地址；三分钟后，又一个电话进来，是救护车的。

我看时间，凌晨3点半。我起床穿衣，约"滴滴"车，第一次于夜半时分走上常安街头。

白天需要一个小时车程的距离，此时20多分钟便到。一辆警车在小区门口闪着警灯，回拨民警电话，他出来接我。直接到物业监控室，另一个民警在查监控，边上还站着一位睡眼惺忪的小伙儿，"我是白芷的表哥。"他木讷地笑了笑，回答我的问题。

他知道白芷的房子在几楼几号，刚才已经带民警上去看了，房间里没人没狗，一切如常。"白芷有一只小狗。"作为同龄人，他偶尔来白芷这里一起吃饭，还知道白芷最近谈了男朋友。

"她男朋友是做啥的？"我问。

"是华强路一个理发店的。"他说。

"这个是不？"每当监控镜头里出现一个女子身影时，我都忍不住急切地问。"不是！"白芷表哥肯定地回答。从头天下午5点的影像一直查到现在，白芷都没有在这栋楼里露面。

我又要求同民警再一起上她的房间去看一下。凭着楼房的密集度和楼下绿化的稀少，我感觉这是一个回迁小区。白芷的房在其中一栋高层住宅的13楼，打开一道门，里面还有两道锁着的门，这是大套隔出来的两个小套，白芷在右边一套。房子不大，不超过12平方米，开灯的一刹那，眼前白光让人目眩。不错，白芷喜欢白色，发光的感觉。一张白色大床，一边是靠墙对床的白衣柜，另一边是玻璃窗，窗户和床之间放一张白色小圆桌，床头靠墙的柜子上有一个白色电磁炉，显然有段时间没做饭了，冷清清没有烟火气。一侧床头柜上有三本书，分别是《人间失格》《自愈力》和《潮流BIBLE·解梦》，还有一个白皮本子，大概是日记本，我没有翻开。另一侧床头柜上是各种瓶瓶罐罐的化妆品，闪着白光。

床尾靠墙有一个白色塑料桶，我打开桶盖，里面有大半桶狗粮。衣柜里衣服不多，却全是黑色的，点缀着白色围巾和领结等，白色和黑色让我印象深刻。

我再次折回窗前，窗子不能打开，完好无损。

"走吧。"我们出去，心里既有没发现异常的稍许平静，又有未知的茫然。

手机再次在我口袋里震动，是那个男子的号码，"阿姨，白芷给我发了信息，让我们不要找她了，找不到的……"

我再次看时间，凌晨5点20，远处天边晨曦微露。

天亮给人带来些许希望。"她养有小狗，应该会好一些。"我说。对孤独的人来说，宠物就是牵挂。

出到小区门口，一个民警说，警车没电了，于是另一个民警联系所里开车过来增援。待援兵到时，我便同他们告辞，"一有信息立马联系。"我们互相说。白芷的表哥要等会儿坐地铁去上班。

"人们总在忙忙碌碌，以为自己无所不能，其实总是在以这样的幌子自我欺骗罢了。"我看着马路上渐渐多起来的车，一个骑着电动摩托大声放歌的汉子在晨光中向火车站的方向驶去，打断了我无助的思忖。

这时，我衣袋里的手机震动了一下，我取出打开，是一条信息。"白芷找到了，我们在华阳县水坪路派出所。"

接下来的经过不必细述。脸色蜡黄的白芷一言不发，既不狂躁也不难过，一副世界与她无关的样子。那个挑染着黄色头发的男孩儿告诉了我大致经过，但明显是经过他筛选了的。

"是她说要分手的，我就顺着她，说，那好吧。"男孩儿说。

"结果，隔了大半天，她就发来信息，说她死后让我不要找她，但小狗朵朵才怀了小崽，让我来阳山脚下的第 352 号电线杆这儿把朵朵带回去好生照料，我就赶紧打车赶到这里，看到拴在电杆上的朵朵，不见她。就到最近派出所报了案，警察带着警犬在阳山北峰找到了她，刚开始她很激动，人都近不得身，费了好大劲呢。"

"白芷，你这么年轻，花儿一般的年纪，美好的人生才刚刚开始呢。"在我家里，我照自己的理论安抚她。她头发挽起在脑后，腿细长、脖颈细长，撑起那张缺少阳光照耀的百合花一般的脸庞，依旧一言不发。

"早睡早起，多锻炼，多吃饭，身体好了心情就会好。没事多看看书。"我从书柜里找出《假如给我三天光明》《居里夫人传》

和《简·爱》3本书，这是我自认为给自己人生找到意义的3本书。

"我想一个人静一段时间。"她幽幽地说，缓缓站起身。我把书装在袋子里，递给她，袋子里还有一个装有2000块钱的信封。

临睡前，我定手机闹钟，看到一条"中铁高铁来常安招人"的消息，浏览了一下，就给白芷转发过去。

我以为，一切都会好起来，便让自己抛下一切让人心境忧郁的过往，安静地进入睡眠，好养足精神，继续第二天的繁忙。

心上的污渍去不掉，那就只好连同躯体一块儿丢掉

"他说我死了就会给我道歉……我的小狗和我在一起，你可能要帮我照顾它几天，对不起，麻烦你来送我最后一程了。"

繁忙中，时间过得特别快。好像才几天的事儿，再次接到有关她的消息，"白芷喝农药了，在医院里。"白芷的同学打来电话，她说是从白芷的通讯录里找到我电话的，她听白芷曾跟她说起过我。

我正在外面接待公司客户，客人刚刚落座，我们边寒暄边等服务生上菜。

"不要紧吧？你先帮忙照看，我这边有一点儿事儿，大概两个小时后忙完就过来。"听说在医院里，我想医生比我管用。

我心里还有一丝希冀，肯定跟上次一样，又是虚惊一场。

然而，我见到医生的一刹那，医生对我摇摇头："没得救了。"我脚底像踩在棉花堆上。

"因为跟房东之间退租的事儿。"白芷同学知道一些情况，是从白芷两部手机的微信聊天记录和录音中串起来的。事情就卡在 3200 块钱的房租上。

"这孩子，干吗不跟我们说嘛，要是说一声，咋至于就走到这条路上？多大点事儿，值当吗？"我说。

是呀，白芷虽然在通讯录里存着我的电话，她又何曾主动给我打过一次？可见，我终归不是她想诉说的人，她心底的空洞又有谁可以填补？

生命还剩一线游丝勒着她的脖颈，在她的体内翻江倒海。她的微信还收到信息：你喝药吧，喝了我就给你退房租。

房东发来的。

白芷朝着就要西坠的太阳张开白色翅膀，屋后那枝尽了最后一次努力的野百合低下头来……我从短暂的睞睁中惊醒，看到白芷的细脖颈正缓缓偏向一侧，像婴儿在母亲怀抱里寻觅母乳那般。

"对不起，虽然预想过很多遍，我还是没有下一个机会把它扮演得更体面一些……"她喉间轻轻发出最后一声叹息，或许她正这么想。

这么一个喜欢白色，关闭心门只跟自己对话的女子，她肯定预想过，比如上一次，她预想的是带着朵朵从华山北峰一跃而下，像一朵白云，或是一朵被风吹散的花瓣，飘向永恒。

她喜欢洁白，那个老人却辱骂她，"婊子"，这两个字像白衣服上的污渍，若去不掉，她宁肯不要那件衣服。但那污渍是直接刻在她的心上，她想剜掉。

喝农药的前两天，她去过派出所，派出所调解后，那个老人只给退了 1300 元，那个老人身子在自己房里，把脑子一遍遍探到那间不到 12 平方米的出租屋里，想象出一堆扣钱的理由，譬如：花洒被用漏水了，灯掉下来过，窗户脏了要找人擦……把剩下的 2000 元在丰富的想象中扣除掉。道歉？我把我自己老婆子身子上下骂了个遍，骨头打断重接，都没道过歉呢！

深夜，白芷拨打电台的午夜热线，泣不成声：我只要房东给我道歉，他辱骂我了。

心上的污渍去不掉，那就只好连同躯体一块儿丢掉，连同这世间一块儿舍掉……

白床单盖着她。

外面，雪花依旧在飞舞。白蜡树，抑或是城里人口中的大叶女贞的深绿叶片被雪花堆成一个个雪绒球。我想起曾经教白芷玩红雪球的那些新年，我教她用揭下的旧春联纸片垫在酒盅底部，将各舀起一团雪的两个酒盅在翠绿的白蜡树枝条上一扣，一个红雪球就挂上去了，不一会儿，缀满小灯笼样的枝条就被压弯了腰……

火化得排号，她的身子得暂且在黑暗的角落里存放。

我最后一次回头，看到白床单在轻轻飞扬。污渍、污渍……她的灵魂还不安呢。

丫丫，等着，总会让抹上污渍的人为你擦去污渍。

第三天，她的黑白照片扎着黑色丝带放在生前房子门口，烛光摇曳，阴冷的风从窗外钻进来。房东——那个 71 岁的因拆迁有着 11 套房的老人出现了，他顿了一下，冷漠地看了一眼，走过去，留下一股混合着洋葱味儿的衰老气息，关上了自己的那一扇门。

小狗朵朵偎在蜡烛边，不时用头蹭蹭主人的照片。

这个 71 岁的老人，我不熟悉，不能像理解白芷一样理解他。但我记住了他那足以让太阳失色、让鲜花凋零的一瞥。

　　白芷没想到，她死后比生前热闹，不似她深夜给"常安夜话"女主持人哭诉的那般孤独，那么多人关注她，在网上，帖子像雪片在网上蔓延……能蔓延到海边，蔓延到白芷那个"发光"的妈妈那里吗？

　　看吧，白芷这孩子，她还是喜欢飞扬的浪漫。

　　老家，桂花树，罐子……不知还在否？

青　子

许多年后青子第一次坐上飞机，她从空中看向大地，找寻并想象自己和玉峰生活过的刘家洼在那一片绿色氤氲山川的哪条纹理里，她无法看到玉峰那开满紫花的坟，即使没有滑坡掩埋，也还是看不见的。

刘家洼所在的双龙村环绕在杜鹃岭下。

在秦岭南麓，站在任意一个制高点远眺，看到的都是层层叠叠的苍茫群山，在群山那数不清的褶皱里，有许许多多像刘家洼一样养育了数代人却又渐渐被遗忘在身后的山沟沟。

当我们因响应"脱贫攻坚"进村入户而再次深入到剩余不多还守在山洼里的人们中间时，身上有着阳光气息的青子勾起我深沉的回忆。

青子是我的初中"闺蜜"，我在她家吃过住过，和她一起在山上采挖丹参、一起唱山歌，认识她的"玉峰"，也和她一起走过从家到学校的翻山越岭的羊肠小道……

一切改变都源自她那个周末早晨的一个决定。

一

虽然北坡那一大片杜鹃花已渐次开放，但对刘家洼大多数的人来说，那天依旧是一个平常的日子。

太阳刚刚给南山尖涂了一点儿金边，青子在哥哥吆牛、爹爹挑水、妈妈挥铲子的交响乐中醒来了。不到 10 分钟，青子已经编好自己的粗辫子，洗过脸，当她端起木盆，把洗脸水往敞着的院子边泼时，穿着白衬衫的玉峰扛着锄头刚好经过，白衬衫里面的红背心若隐若现，青子红了脸，收回盆，扭头就进了屋。挑第二挑水回来的爹跟玉峰打了个照面，"叔，早啊！""哎，不早呢，你都开始上地了，我们还没吃早饭呢。今儿去锄草？""小沟那块地的二道草还没锄完，准备今儿上午给锄完，下午要去前岭翻红薯秧了。"……

"吃饭了！"妈在厨房喊。刘家洼的早饭都是一样的，秋天冬天是红薯玉米糊汤，春天夏天是纯玉米糊汤，外加一小盆儿菜，这菜一般都是自家腌的酸菜、拌萝卜丝、凉拌黄瓜，或是头天晚上剩下的什么菜。青子端了碗坐在房檐下，边吃边看着对面山上青的葛藤，黄的迎春花，还有星星点点的野百合。爹妈和哥哥边吃边商量今天的农活儿分工，分完工，爹又没话找话地说："刘家玉峰真是能干，他爹常年不在家，他就抵一个主劳力了，早上早早就上地。"青子说："爹，我跟你一起去阳坡台锄草。"

妈忙着洗碗时，哥哥晓波赶着一群牛羊去往北坡洼了。青子扛着锄头跟在爹后面，到阳坡台是要经过小沟的，拐过山坳，就看到穿白衬衫的玉峰和他妈妈已经锄了二分地的草了，锄过的地方，麦苗葱绿，显得格外精神。"秀莲嫂子，早啊！"玉峰妈挂着锄头，直起腰，捋了捋头发，笑着说："也才来不大一会儿，晓青今儿个也上地啊？"青子笑了笑，还没想好怎么回答，爹说：
"平时都在学校，礼拜天能给家里帮帮忙。你家玉峰真能干，抵
一个主劳力了！"玉峰妈说："哎，没法子，他爹常年守在卫生所，
家里只有靠孩子们多干点儿。"当玉峰抬头的时候，青子已经超
过爹，拐了个弯，走到前面去了。

刘家洼只有12户人家，分散在7里长的弯弯曲曲的山沟里，
两山之间，一条小河独自唱着歌儿，滋养着沟两边的几十片或大
或小的不规整的土地，孕育了粮食蔬菜，喂食几群牛羊，还有栏
里的猪和鸡，养育着这里的几十口人。人们每天睁开眼就在这条
山洼里为着一日三餐忙活儿，似乎没有谁想，几百年前这里是什
么模样，山那边几十里外的人们是怎么生活的。青子几岁的时候，
听爷爷说起过：山上树林里有一些破落的石坝，不知是哪个朝代
的人修的。还有一些像坟头一样的土包，说明这里古时候也是有
人住的……

儿时奶奶在院里缝被子，青子躺在席上打滚儿，玩累了，看
着天上朵朵白云一会儿像羊，一会儿像棉花。夏天有星星的傍晚，
青子坐在院子里，看着对面山尖，努力地想山的外面是什么，后
来上到豆腐尖山顶，看到的还是一圈圈的山。难道这就是世界的
样子吗？青子不得而知。

今天的青子没有唱歌，也不说话。偶尔，青子会拄着锄头，
边揉酸困的腰，边看看地边悠闲地吃草的几只羊，一群麻雀在那
一蓬青刺架上飞起落下，再飞起再落下，青子经常会看得出神，
往往是爹的咳嗽声让她回过神，继续劳作。

太阳从山顶慢慢铺了过来，微微出汗的青子脱了外套，把长
长的辫子挽了起来。爹在地边找到一块石头，用手抹了抹，坐在
石头上，抽起他的旱烟。青子看看爹，说："爹……""嗯？""我

想回来帮你和妈干活儿，不上学了。""啊？你说啥？"青子不耐烦地加重语气："我想回来，不上学了！""为啥子？""不为啥，就是不想上了。"爹不说话，烟袋锅子吧嗒吧嗒响。

洼里几个娃都是初中没上完就回来了，青子的哥哥晓波、玉峰，还有下沟吴家俩后生，王家二丫头比青子大两岁，今年刚17岁，回来就嫁人，现在已经挺着大肚子了。"不上学你后头不后悔？""有啥好后悔的，恁多人都不上了。""哎！"爹磕磕烟袋锅，继续锄地，山洼里只有锄头碰土坷垃的回响。

从这天开始，青子不用每个星期天下午背着干粮和腌菜去学校了，刘家洼的山沟沟里每天都能听到青子圆润悠扬的歌声。青子打小就喜欢哼歌儿，家里爹老实不多说话，妈也是只知道干活儿，不去管束她。青子就在这个山沟沟里自由地生长。她放牛时唱，挖药材时唱，锄草时唱，翻红薯秧时唱，摘花生时还唱。她没有其他爱好，不像别的女孩子，还纳鞋底、织毛衣、绣花鞋垫儿，她就是边干活儿边唱歌，《信天游》《三月三》《刘三姐》……也不用专门学，偶尔听到，哼两遍就会了。日子久了，就有了一副好嗓子。

那时候的刘家洼还没有电视，青子看过一次，还是大年三十晚上跟哥哥和几个伙伴一起爬了一个小时的山，到潘家寨潘老五家看《封神榜》，黑白电视雪花一片，只听到刺啦的声音，听不到说啥，一会儿没信号了，还得有人爬到树上不停地晃天线，还需一个人站在房檐下当传声筒，一边从窗户看着电视有没有人影，一边给树上的人报告。于是，青子的歌声就成了刘家洼人的娱乐，干起活儿来腰也不觉得特别酸了。

二

青子肤色不够白皙，可是一双乌黑的大眼睛，加上两条乌溜黑的长辫子，让青子看上去就像南坡那盛开的格桑花，让这个山洼洼变得明亮生动。青子落落大方，纯朴厚道，山洼里的人们不管男女老少见她都很随意自然，也都习惯听到她带着甜味的嘹亮的歌声。

即便这样，青子的心思却只有一个人懂。

比青子大3岁的玉峰3个月以前就回来没再去学校了。他俩曾是初二一个班的同学，每个星期六下午，当青子背着干粮咸菜从北墙根上到那条绿荫掩映的小路时，歌声也洒下一路，到了阳坡台，玉峰大多会在那儿等她，有时青子先到，只要有歌声，玉峰很快也就会赶到。羞涩的玉峰不多说话，帮青子拎过东西就走，玉峰白皙的脸庞来自他的妈妈，矫健的身姿来自经常干活儿，他每个星期六身上总是会换上干净平整的衣服，刚洗过的短发根根分明。青子稍不留神，玉峰几个箭步就上到山顶，然后站那儿等着青子。走累的时候，两人站在山顶，看着太阳慢慢滑向西山尖，山梁另一边半坡上有的人家房顶升起缕缕炊烟，隐隐约约有饭菜香味飘来。从刘家洼到学校要翻三座山两道沟，青子走神的当儿，总是玉峰先提醒：咱走吧，去晚了晚自习会迟到。

玉峰不来了，青子最先知道。玉峰是先给青子说的，不然青子还会在上学路上等呢。

玉峰不来学校，老师照常上课，同学们照常学习。下课了，同学们从课桌桌斗里掏出碗箭一样冲出教室到饭堂窗口前排队，有人叫："杨晓青，你不吃饭啊？"她才会回过神来。

　　青子上课总在想：玉峰今天又在哪块地里干活儿？天气好时，她想今天这么晒，玉峰一个人在地里该有多热；下雨的日子，她又想玉峰个马大哈，肯定没带雨披。反正满脑子都是玉峰，再也听不进去老师讲的啥。有几次老师叫她回答问题，青子"嗯嗯"半天说不出来一二三，连着几次，老师就罚她站教室后边听课，青子那微红的脸蛋就变成了酱红色。她越来越觉得没有玉峰的教室就不是自己的教室，越来越想念刘家洼，那儿每天都能看到玉峰俊朗的身影，还能想唱就唱，玉峰只要能听着她的歌，干活儿就不会那么累了。

　　青子回到了刘家洼。她感觉自己就是刘家洼这片土地里长出来的一只百灵鸟，回到这里才能接上地气。每天早上，听到妈妈开始切红薯，她就也起床了，爹去给厨房挑水，她就在灶前帮着添柴烧火，晓波起来时，青子已经坐在房檐下开始梳那一头浓密的头发。青子从小到大没留过短头发，从她记事儿起，刘家洼的人们都是找玉峰他妈给收拾头发。

　　奶奶说玉峰他妈家里原来是湖北一大户人家，青子不知道具体的大户人家是啥样儿，就不去想也没问过。反正玉峰妈是刘家洼里最好看的婆姨，也有人说那是因为玉峰他爹是乡卫生所的医生，人家的日子自然要比一般农家小户要滋润些。玉峰有两个哥哥、一个弟弟，两个哥哥都成家了，娶的媳妇都是方圆十五里出挑的女子。玉峰妈都做婆婆了，跟儿媳妇走在一起看上去就像妯娌。青子的头发又长又黑，不用修剪太勤，都是天气好农活儿不多时，跟妈一起到玉峰家，让玉峰他妈把头发梢修修，玉峰妈总会说："哎呀，青子这一头好头发，跟乌梢蛇似的。"每次这个时候在院子里劈柴挑水的玉峰就会加快脚步走开。青子脸稍稍发烫，她记起小时候洼垴的大庆揪她的辫子，玉峰跟大庆打架了。有时候有河南口音的收头发的小贩经过青子家门口，总会多喊几声，鼓动青子把两条辫子卖了，青子就会想起玉峰，她摇摇头，坚持不卖。

转眼间，青子回来就3个月了，东山上的山茶花开得热闹，有些朝阳地方的麦子开始泛黄。青子妈却发现女儿瘦些了，原来圆嘟嘟的下巴变尖了，每顿让她多吃点饭，她还偏要从盛好的碗里舀半勺出去。

三

桃花开得正旺时，大姑给哥哥晓波提亲了，女孩儿是大姑家一条沟（柏树沟）里的凤娇。上学时比青子高一级，初二上了半年就没上了。凤娇爹帮人盖房起屋时从梁上摔下来，往医院送的路上就走了。一年后凤娇妈患了胃癌，没钱住院，在家吃吃汤药，不久也离开了人世，留下凤娇跟60多岁的奶奶相依为命。凤娇说："我不嫁人，我走了奶奶没人管。"大姑说："傻闺女，晓波多好多实在，将来你俩一块儿照顾奶奶，离得又不远。你要是不嫁人，奶奶也不答应。"奶奶也劝凤娇，凤娇就答应先不定亲，先看家儿。

看了家儿之后，爹妈隔三岔五催晓波去帮凤娇家干活儿，青子感觉自家的活儿就多了许多。转眼麦子就黄了，今年风调雨顺，麦穗都是沉甸甸的。青子家麦田向阳的少，只有阳坡台那块有点儿黄，大面积收割还要等几天，爹和晓波就先去帮凤娇家割麦了。那天中午，妈先回家做饭，青子在地里割。玉峰忙完自家地里，便来帮青子割。青子说："你家割完了不会歇歇啊，我这儿也没多少。"玉峰说:"你歇会儿,我帮你把剩下那几垄割了。"青子就把镰刀给玉峰,玉峰穿着干净的短袖衬衫,胳膊被太阳晒得散发着黑红的光泽,青子把脸扭到一边,她看到地畔边草丛里有一架麦泡,一簇簇的麦泡黑红闪亮,青子从桐子树上摘下两片大叶子,对成漏斗形,用两根细蒿棍儿别着边儿,就去摘麦泡往做好的叶子包里装。青子知道玉峰爱吃麦泡,以前上下学的路上,他俩一起摘过,青子也爱吃那酸酸甜甜的小果果儿,他们经常吃得嘴唇都成紫的了,互相看着傻笑。青子边摘边想呢,有一簇乌黑的果子有点儿远,青子便伸长胳膊使劲去够,忽然看到草丛里有一个桑木棍子一样的东西竖着,吐着红信子,"啊,妈呀,长虫!"青子失了声地尖叫,她们都是把蛇叫长虫。青子拔腿想跑,却被刺架绊着脱不开脚。玉峰扔下镰刀,过来拉青子,蛇受了惊吓,哧溜一下钻到草丛深处去了,他俩却在匆忙之中被绊倒了。第一次离玉峰这么近,青子闻到了一丝混合着轻微汗味的青春的气息,她羞涩地把头扭到一边。

麦子很快就熟了,爹和晓波刚回来准备割自家麦子,柏树沟有人过来送信说凤娇她奶今儿个早上天快亮时去世了。爹妈和哥都得去帮忙,凤娇才18岁,一个人掌不了事儿。青子先在家收麦,等到出殡那天她再去。最近青子不咋唱歌了,她闷着头割了一晌午,中午热了点剩饭一吃,又上地了。割着割着发现没太阳了,一大片乌云压过来,还没回过神就开始掉雨点,夏天的暴雨可是说来就来。割过的麦子在地里铺了一片,青子就急着赶紧捆麦捆儿,约莫得捆十几捆,还要往回扛,正急得火烧火燎,玉峰来了,他让青子捆,他拿扦担挑,还剩三捆,瓢泼大雨就来了。等把所有麦子抢回稻场上,他俩都浑身湿透,青子找了一大块塑料布,俩人把麦垛盖上,周边用石头压住。

青子只穿了一件薄短袖，湿透了就贴在身上，她顾不上自个儿，先把哥哥的衣服找了一套让玉峰换，玉峰说："我这儿没事儿，你赶紧先去换。"青子说："别犟了啊！"顺手就把衣服往玉峰手上塞，玉峰拉住了青子的手。

四

炎热的夏季刚刚过去，大茬儿苞谷苗快尺把高了，经过繁忙的夏收，今年收成又不错，人们便稍稍松口气，缓缓劲儿。

青子家现在是五口人了。麦收过后，凤娇和晓波就把婚事办了，因为没了老人，一切从简，把定亲套路免了，直接给凤娇做了春夏冬三季的衣服各一套，又给了凤娇2000块钱。大姑帮着做了两套床上的新被新褥子，都是新里新面新棉花，买了大红牡丹七彩凤凰和桃花盛开蝴蝶展翅的新床单，这些就是嫁妆了。查了喜庆日子，组了一支迎亲队伍吹着唢呐把凤娇娶了回来。走的时候，凤娇哭得梨花带雨，乡下姑娘出嫁离家时都是要哭的，表示对生养自己的父母及那块热土的恋恋不舍。凤娇哭的既有不舍，也有身世的悲凉在里边，爹和娘都没见过自己的女婿，自己就这么孤身出了嫁，以后也没了娘家。大姑可劲儿地劝着："娇儿，甭哭了，你以前受了不少苦，你爹你娘在地下看到你能找到晓波这么好的女婿，他们也高兴。以后我这儿就是你娘家，过时过节就回我这儿。"

青子上学时候，路上要经过凤娇家的柏树沟，有时也会一起走，去大姑家走亲戚时也相互走动着玩，所以她姑嫂俩本不生分。一家实在的直性子人在一起，生活也是平静和睦。

　　玉峰要跟湖北的表哥去山西煤矿，隔山的石磨沟有几个小伙子都去煤矿打工了，有的在河北，有的在平顶山，有的在榆林，还有去大连出海的。在外打工的小伙子们过年回来都穿的时兴衣服，抽的都是平时没见过的香烟，打牌时出手也阔绰些。玉峰长这么大最远就去过妈妈在湖北的老家，不知道更远的天地是啥样，刚好表哥回来给过世的舅妈做三周年祭，玉峰就趁着农活儿松散点，想跟着表哥出去看看。

　　玉峰要走的头天下午，给妈说要去隔山的刘大军家去问问大连的情况，要晚点回来。青子跟妈和嫂子说吃过饭去下沟二妮儿家去剪个鞋样儿，回来学着做鞋。那天是阴历七月十六，月亮圆圆地挂在东山顶，放眼望去，也只能看到西山蜿蜒起伏的曲线，一片静寂中偶尔会有猫头鹰的叫声传来。玉峰和青子坐在东山的地畔上，看着下面沟里三三两两的透着微弱灯光的人家，房顶在月光下透着银灰。

　　青子：山西那么远，你过年才能回来，还得 5 个月呢。

　　玉峰：就是啊，想想 5 个月时间真长，快半年呢，我去看看，那边要是好，你明年也去，找个城里的活儿干。

　　……

　　还有一肚子的话没说呢，月亮就升到了中天，想着玉峰明天就走了，青子就不说话了。

　　玉峰：你咋了？

　　青子不吭声，玉峰看着青子的脸，看到了亮亮的泪光……

五

院子里两棵梧桐树上紫色的花一团一团，起风时，淡淡的香味透过窗棂沁入心扉。青子在窗下发呆，看着一朵朵梧桐花在空中翻飞，院子里铺了一地，牛羊走过的地方，花瓣零落成泥。

还没到冬天呢，青子边摘花生边唱《大约在冬季》，唱了几句就不想再唱了，刘家洼的人们有两个月都没怎么听到青子的歌声，总觉得日子里少了点啥，却也没想青子为啥不唱了，刚唱两句，人们就兴奋地想听呢，歌声却又停了。“妹妹你大胆地往前走啊，往前走，莫回呀头……”另外一个小伙子的沙哑歌声在后山响起，是张大庆的声音。

张大庆的爹死得早，他是家里最幺的儿子，大哥的孩子才比他小 4 岁，大庆就和 70 多岁的老娘一起过日子。五年前大庆出去打工，几年都没回来，也没写过信，家人也不知他是被人拐了还是出了啥事儿，前段时间快 30 岁的他突然回来了，偶尔到邻居家串串门，也到青子家来过几次，青子妈还留他吃过饭。青子却不待见他，总觉得他的眼神不安分。

大庆听到青子唱歌，鼓起勇气也唱了起来，自以为唱得还不错。青子觉得那歌唱得太难听，人家唱完这个又唱《纤夫的爱》，青子扭头就回屋里去了。

当大庆又到青子家时，青子就借口去割草，拎着篮子就往出走。妈说快吃饭了割啥草啊，青子说：“就是要去割草。”有时青子在东山翻红薯秧，大庆就去洼里锄苞谷草，边锄边唱歌。青子就说：“妈，我回去做饭啊。”青子边做饭边噘着嘴想：死玉峰怎么还不回来。

青子最近不想吃饭，只想吃酸菜，身子沉沉的，除了干活儿就睡觉。家人都忙着各干各的活儿，侍弄地里的红薯、苞谷，还有油菜、芝麻，树上的桐子、核桃，圈里的牛羊，没人注意她的细微变化。倒是凤娇觉得青子好像有点儿变化，不像原来有说有笑有唱。

不知是有人看出来还是猜出来，也不知是从哪儿传出来，就有小道消息像黑夜的风在刘家洼悄悄吹起：说是青子和玉峰好了，青子现在走路都不利索了，是不是有啥了。

刘家洼人们日出而作、日落而息的沉闷生活里有了一点儿新鲜作料，大家变得兴奋起来。避过刘家和杨家人，就开始悄悄传说，张大婶会端个碗跑到李大妈的猪圈旁跟喂猪的李大妈咬耳朵，李三嫂会专门拎双鞋子到河边去跟那里洗衣服的几个婆姨聊，聊完了回家晚上躺床上再跟家里那口子说。后来就有人传给了玉峰的二嫂小荣，小荣忍不住就去给凤娇说，让凤娇观察观察，凤娇就把观察到的情形给小荣说，俩人盘算怕是真有事儿了，就想这该咋办？再后来小荣就给婆婆说了，玉峰妈不相信，小荣说："妈，你还别不信，外面都在说呢！"玉峰妈想：这要是真的，等到玉峰过年回来，都快当爹了，不行，得赶快让玉峰回来问问清楚。就让玉峰爹从乡上往山西拍封电报，说有急事，让玉峰速回。

六

刘家洼北坡满山的常青树，铺着一团团的红叶，一幅惹人心醉的秋日胜景，在刘家洼人的眼里没有什么特殊，就是"红叶年年红，绿叶年年绿"而已，或许山上哪个放牛的小伙子或者姑娘偶尔会陶醉其中。

　　玉峰收到电报，不知是啥急事，找老板结了工钱，就从山西往回赶。玉峰回到刘家洼的那天，青子不知道。因为玉峰从山西给青子写过一封信，并没有说要提前回来，那段时间青子经常给妈说要到乡供销社去卖丹参、卖茵陈等，顺便给家里买点针头线脑、食盐、洗衣粉或是雪花膏之类的东西，她没说自己最重要的是想去看看有没有自己的信。

　　玉峰回到家天已经黑了，看到家里还是跟走之前一样，妈依然利利索索，忙里忙外，爹还是在卫生所到周末回来一天。吃过饭，还没等他开口问到底是啥事儿让他急着回来，妈碗都没洗，就把玉峰叫到里屋，关上门。

　　"妈，咋了？"

　　"还问我咋了，你都瞒着我干了啥好事了？"

　　"妈，你倒是直说，到底啥事儿啊？"

　　"你是不是跟杨家青子好上了？"

　　玉峰听妈这么说，估计妈是知道什么了，就低着头不吭声。

　　妈一看玉峰这情形，心里就明白了，她又着急又生气地说："我算是白养了你这么个儿子，咱这样的人家，找媳妇不得光明正大、明媒正娶啊，你就这么偷偷摸摸瞒着我们跟人家好上，沟里上上下下传得风风雨雨，让我和你爹这老脸往哪儿搁？"

　　玉峰说："妈，不就是谈个恋爱，有这么值得大惊小怪的吗？"

　　"嗨，我大惊小怪？你就榆木疙瘩吧，听说青子有啥儿了！是不是跟你有关系？"

　　玉峰瞪大眼睛："妈，你说的是真的？"

　　"是不是真的，你自己好好想想！"

　　玉峰那在矿上晒得黝黑的脸涨得黑红，妈看儿子明显瘦了，有些心疼，便停下追问，去厨房收拾碗筷去了。过了一会儿，玉峰来到厨房。

"妈，我是和青子好上了，要真是那样，咱早点儿找媒人去提亲吧。"

妈把刷子重重地顿在案板上："糊涂啊你，张家岭你二姨家的妙玲，多好的娃，我和你爹准备明年开春就去给你提亲，你二姨也有这个意思，你倒好，偏和那个青子好上！"

玉峰说："那都是你们一厢情愿，你们知道人家妙玲心里咋想啊？"

玉峰妈说："你没心没肺吧，忘了妙玲又是给你织围巾，又是绣鞋垫？"

玉峰说："人家青子咋了，哪点不好了？"

妈压低声音说："你知不知道门当户对？算了，等你爹回来再收拾你！"

这时，玉峰才明白，老人是看重家境的，青子家是比不上自己家，青子的妈老实，爹也老实，天天就是刨着一亩三分地，房子也破旧。可玉峰以前从来没有想这些，觉得洼里的人们都是一样的，而且洼里所有人来找妈剪头发，找爹开药方，爹妈对人家都是一样热情，无非就是有讲究点儿的会坐会儿，喝会儿茶，唠唠嗑。老实点儿的办完事就说句"麻烦了，刘嫂子！"就走了。原来在他们心里是有区别的。

"妙玲就是见了爹妈'大姨、姨夫'叫得亲热，其他哪点比青子好了？"

"青子真的有啥了，那她写信也没给我说，真是傻！"

"爹回来，我要咋说，爹不会也不同意吧？"玉峰心里七上八下地想着，一夜无眠。

爹回来了，玉峰意外的是，爹并没有明确反对，而是闷了半天，说："生米做成熟饭了，还不就汤下面算了，要不咱的脸面往哪儿搁？"玉峰就有点儿不明白，爹的"脸面"和妈的"脸面"咋就不一样呢？

事情说破了，玉峰反而不好意思去找青子。青子第二天听说玉峰回来了，她跟家人说自己感冒了，浑身没劲，就没去地里，坐在房檐下学着绣鞋垫，青子的针线活儿做得可是一般，因为妈只会干粗活儿，不会做细活儿，所以青子也不擅长做细活儿。可是到第三天咋还不见玉峰经过自家门口去地里忙活儿。"到底是咋了？"青子心里是十五只吊桶打水——七上八下，做针线活儿手都被扎破几次，绣的"喜"字七扭八歪。

第五天，下沟的张会计到青子家来了。村干部以前可很少到青子家来坐，除了收农业税和上调款，可是今年两次款子都已经交过了啊。青子爹赶紧给搬椅子，用袖子把椅子掸掸，从粮食柜的抽屉里掏出一盒纸烟，还是凤娇过门时买来待客用的，剩下半盒，有点儿发霉了。

原来张会计是来提亲的，刘玉峰家在这条沟可是数一数二的，能提说杨晓青，张会计觉得这事儿没一点儿悬念，杨黑子的女儿能嫁给刘家，真是他两口子前世修来的福气。虽然青子爹说一会儿问问青子，只要闺女同意，老两口就听闺女的。但爹心里当时已经乐滋滋了。人家刘家两个大媳妇都是方圆左近的人尖尖儿，玉峰他爹是吃公家饭的，他妈是顶利落的人，把家里家外整治得比村支书家还齐整，关键是玉峰，小伙子长得精神，又勤快，见高低人都热情，不像村主任家的那个儿子，牛皮哄哄的。

张会计走的时候，青子爹一直把他送到山嘴儿那儿。转回家就让青子妈先别洗碗了，让晓波把凤娇喊出来，一家人坐在堂屋里，爹正式宣布了这个消息：刘医生家让张会计来提亲了。爹不是商量，是宣布！就等于是说他和青子她妈是没有任何意见的。青子低着头回到自己屋里去了，她躺到床上，心想：死玉峰，为啥不提前给我说一声。看着地上那一线月光从窗边移到桌子边，听到后山上猫头鹰在叫，她一夜都没睡着。

七

1995 年冬天的第一场雪来得比较早，刘家洼的山上沟底都罩在一片银装素裹的世界里。寂静的山村里能听到山上传来大雪压断树枝的咯吱声。这样的天气，人们都在家里围着火炉，男人抽烟喝茶唠嗑，女人纳鞋底缝补衣服。

爹、玉峰和媒人围坐在红彤彤的火炉边，桌子上摆着瓜子、糖果和香烟，玉峰妈一会儿就端上两碗热腾腾的麻花鸡蛋黄酒茶。

玉峰妈说："张大哥，她姑，又要让你们麻烦跑路。按说好事不从忙中起，我们本来想等明年开春再给俩娃把事儿办了，可玉峰说他明年想出去打工，非要今年年底把婚结了，儿大不由娘啊。"

大姑说："刘嫂子，咱们都是养儿女的人呢，你说的也是，明年办有明年办的好处，可明年是无春年。玉峰想得有道理，今年把事儿办了，明年就整端了，再说，这过年又喜添人口，该是多喜庆的事儿！刘嫂子怕是贾母转世，不然哪来这么好的福分造化，好花都往一树开。"

玉峰妈笑着说："她大姑，你就会给我灌糖水，我们这穷家小日子的，还经得起你这么夸！"

从玉峰家到青子家也就一里多路，沿着河边麦田拐俩弯儿就到。

路上，张会计说："刘家是数一数二的人家，礼数自然要大一些。"

大姑说："我们杨家虽然户小，也是有规矩的。不像有些人家，心里巴不得，嘴上还要半斤八两地掰扯。"

说话间就到了青子家，青子爹赶紧让青子妈去烧鸡蛋茶，大姑连忙挡住，说刚吃过。青子给张会计和大姑打个招呼，就躲到自己房里去了。

张会计简单说了刘家的意思，要给青子爹妈哥嫂各做两套新衣服，高低柜、三斗橱、衣箱、新被新褥子都由刘家做，另外给一万零一元红包（万里挑一的寓意）。

青子爹说："新被新褥子我们家做，我们嫁女儿不能空手嫁。"看杨黑子的意思很明了了，大姑就去里屋问青子还有啥要求。

青子心里想："只要能和玉峰在一起，别的还有啥要求呢？"便说："我都听爹妈的。"

……

玉峰去找孙家台的文瞎子选结婚日子。文瞎子是刘家洼方圆十五里内有名的大仙，据老人们说，文瞎子是袁天罡的第三十八代弟子的后人。文瞎子自己说，他祖上是闯王高迎祥的手下，太爷是太平天国洪秀全的军师，太平天国运动失败后，太爷被斩首，他爷爷带着太爷留下的用红布包着的几本奇书躲到湖北郧西一带大山里研读，靠此谋生并代代相传。但没有人知道他自己是何年何月，因何到刘家洼来住的。玉峰记忆里，文瞎子就一直是一个人住在孙家台的这两间黑乎乎的土房子里。玉峰放下带来的一条烟、一瓶酒，文瞎子咳嗽两声，玉峰直接说明来意，文瞎子闭上他那不知到底能否看到东西的眼睛，伸出十个黑火棍一样的指头，掐把几下，张开干瘪的嘴巴，用沙哑的嗓音挤出一个日期：腊月十二。然后，他便拿起自己的旱烟袋，不再说话。玉峰道过谢，离开文瞎子家，边下孙家台那个斜坡边想：他到底能看到不？如果看不到，他是怎么从那些古书上学的呢？

八

黄道吉日那天，雪过天晴，刘家洼的上空特别蓝，蓝天上只有一片云彩悠悠西去。

玉峰要结婚了，新娘是青子。

剧情发展太过顺利，那些经常嚼舌头的大婶大嫂们有点儿失落地说："生米都已经做成熟饭了，不过走个过场罢了。"

不管怎么说，山沟里就那么十几户人家，一年中为数不多的几场红白喜事，就是山里人的热闹日。何况又是数一数二人缘很好的刘家办喜事，新娘子又是刘家洼里人人都待见的杨晓青。所以，上上下下老老少少都找出自己最齐整的衣服换上，花花绿绿地聚到了刘家院子，隔梁和刘家相熟的也都来了，还有刘家七大姑八大姨的亲戚们，原本预计待二十桌客，最后加到了二十五桌，院子里摆得满满当当，屋子里房檐下都是人。大人们要么帮忙布置房间贴喜字，帮忙抱柴挑水，帮忙洗菜做饭，帮忙准备锣鼓响器去接新娘子。孩子们在人群里挤来挤去，等着看新娘子抢红鸡蛋。

玉峰二姨、二姨夫和大表姐来了，玉峰妈和大嫂、二嫂赶忙迎出来。

玉峰妈拉着自己二姐的手就问："妙玲呢，咋没来？"

"这丫头，别提了，眼看要过年了，她却闹着要跟同学去深圳呢，我说玉峰要结婚了，你也去一下，等过了年再出去吧，人家咋都不听，都走了快一个月了，女大不由娘啊！"

玉峰妈还想说啥呢，小荣喊叫："妈，爹找你呢。"

青子在吉时前被迎亲班子簇拥着吹吹打打迎进了刘家，玉鹃当伴娘陪着青子。许多小孩子都站在路口等着看新娘子，等新娘子到了，都激动地一窝蜂跑前跑后，跟着挤进新房摸床上的红鸡蛋。所有路数大姑提前都给交代过了，所以青子并没有惶恐。进门要跨过火盆，大姑还教给青子说拜堂后一定要抢在玉峰前面进新房，这样结婚后才能当家。青子没有抢，她愿意让玉峰走前面，愿意让他当家。青子和玉峰吃过荷包蛋，喝过交杯酒，就静坐在床边，保持着新娘子应有的矜持。

太阳开始稍稍偏西，已不似正午暖和。刘家院子里却依然热闹异常。男人们猜拳行令，女人们大声拉话，孩子们哭笑打闹。

突然，有人跑进院子大声喊："刘医生，刘医生，大庆喝药了，你快去看看！"

玉峰爹正在主桌上陪卫生院的同事和村上的干部以及主要的亲戚，听到喊声，放下酒杯就出来问是咋回事儿？

大庆的二哥大锤上气不接下气地说："和大——嫂争——了几句嘴，就喝——敌敌畏了！"

院子里突然静了下来。

玉峰爹转身到脸盆架子上拿了块肥皂，喊着两个同事就往院外走，后面男男女女跟了一串往大庆家去。

大锤站在院子里愣了几秒，转身超过人群往回冲，身上穿的是今早从大嫂家借的大哥生前最好的一件棉袄，大哥比他魁梧，棉袄挂在他身上跑不利索，过一个石坎儿时险些被绊倒。

大庆是昨天下午才知道玉峰和青子要结婚了。

玉峰的大哥玉山遇到大庆，就问："大庆，明儿个有空儿没？要是有空儿，去给我们帮忙劈柴。"

大庆说："现在劈柴干啥？没柴烧了？"

玉山说："你不知道吗？玉峰明天接媳妇啊！"

大庆问："接哪个媳妇？"

玉山说："看你这话问的，青子呗，好像他还有几个媳妇似的。"

大庆愣了一下，说："我前儿个把腰扭了，使不上力。"然后头也不回，径直走了。

玉山看着大庆穿着破了洞的鞋，肥大的裤子灌满了风，鼓鼓地向前去了，摇了摇头。

有只老鸹在河对面那光秃秃的榆树上叫，没人在意。

大庆今天真的像扭了腰，躺在床上不起来，当外面唢呐声、鞭炮声响起的时候，他用被子捂着脑袋。

大庆的大嫂，二哥二嫂都去了刘家。大哥前年在河北煤矿瓦斯爆炸被炸死了，大嫂王改子一人带着俩孩子。今天在刘家吃了席，王改子早早就回家，要喂圈里的猪。回来却发现檐下放的一摞碗少了三个，左找右找找不到，想着那碗好几块钱呢，就气愤地骂了起来："哪个缺德不要脸的，眼皮子浅，八辈子没见过啥的，没啥偷了，偷老娘的碗……"刘家洼的人都已经习惯了王改子的骂声，谁家羊吃了她地边的一棵红薯秧，她都能骂三天，除了吃饭睡觉，睁开眼就骂，没人回应，她照骂。有人说：王改子把骂人当歌唱了，三天不骂嗓子痒。

大庆的两间破屋跟王改子家是前檐挨后墙，这时方圆左近的人都不在家，她一直骂，就只有大庆一个人听得到，大庆翻过身使劲捂着头，那尖锐的声音还是透过破窗烂门清清楚楚地钻进他的耳朵。

大庆越听越觉得像是在骂自己，就忍不住回了句："喊死啊，谁稀罕你的几个破碗！"

这一回不打紧，王改子那一张利嘴，邻居们都是惹不起躲着走的。

这下可是捅了马蜂窝，王改子跺着脚骂："我掉了碗，谁偷我骂谁，关你屁事啊！你个天天窝在家里球事干不了的下三烂，尿不了三尺高的尿，还敢跟老娘叫板，谁偷我骂谁……"王改子从太阳正午骂到太阳偏西，还停不下来。

大庆出来了，平时蔫不唧的大庆这次却怒发冲冠地出来了，他手里拿着一个黑乎乎的瓶子冲到王改子跟前，王改子刚要张开的嘴没来得及闭住，只见大庆拧开瓶盖，仰起脖子就咕咚咕咚往自己嘴里灌。

王改子傻了眼，大叫："你干啥啊？"

大庆已经咕咚一声倒在地上，口吐白沫，抽搐不止。

王改子想拔腿跑，却跑不动了，瘫坐在地上。她的大儿子拔腿就跑，去刘家找他二爹了。

刘医生让人掰开大庆的嘴，用肥皂水给他灌，给他催吐，那边让大庆二哥找人赶紧往乡卫生院抬。

刘家热热闹闹的喜事被这事儿一闹腾，大家都去张大锤那边，帮忙的帮忙，看热闹的看热闹。剩下玉峰、青子、玉峰妈，还有几个女客在家里，青子感到脊背一阵阵发凉，忍不住发抖，玉鹃找了件衣服加在青子身上。

本来也在吃酒的文瞎子不知啥时候不见了，也没有人注意。

九

又一场大雪，飘飘洒洒下了一个礼拜，给地里的麦苗盖上厚厚的棉被，小河里哗哗的流水也被冰雪封住。雪后天晴，太阳照在白雪覆盖的山洼里，房顶积雪融化，顺着房檐下挂着的冰溜子往下滴水。

大人们都在忙着准备过年，孩子们躁动的心却是封不住的，玉峰大哥玉山家的一恒、二哥玉岐家的一敏，还有张家的二虎，几个孩子一会儿给雪人戴上破草帽，一会儿折下柏树枝插在雪地里，用扯下来的对联纸衬在两个酒盅底，舀满雪在柏树枝上用劲儿一扣，一个红红的雪球就挂在树枝上了。

婆婆秀莲在厨房忙着发面炸油条，青子在家里家外收拾打扫。玉峰在院里用斧头破木柴，要足足破够过年和一个正月用的，玉峰脱下棉袄，青子给他端来一缸茶，拿毛巾给玉峰擦擦汗。

年说到就到，小小的山村又开始热闹起来。家家门口都贴上了张会计写的对联，内容基本差不多，堂屋都是"一年四季行好运　八分财宝进家门""一帆风顺吉星照　万事如意福临门"，横批"招财进宝"或"吉星高照"；厨房大多是"柴米油盐样样不少　香甜酸辣味味俱全""厨中调美味　囤内有余粮"，横批"五味俱全"或"年年有余"；有的给猪圈羊圈鸡笼上都贴上"六畜兴旺"，给堂屋正中墙上贴上"天地君亲师位"，拿升子装上苞谷插上香。

家里婆姨用红纸糊好灯笼，黄纸剪出穗子贴上，里面放上煤油灯，呼唤男人或儿子去挂在房檐下。孩子们把新衣服拿出来瞧了又瞧，又总是被妈妈吆喝放回去，让等到大年初一早上再穿。

这十几家人里，有早上过年的，有中午过年的，有晚上过年的。据说早上过年的祖上都是穷苦人，早早吃过团年饭好出去躲债主。年三十晚上，青子妯娌三个帮婆婆准备好一大桌子热腾腾的饭菜，玉峰一大家子围坐在一起，玉山、玉岐和玉峰出去点燃了鞭炮，当大家等着爹发话好动筷子时，爹却让玉峰把王改子的俩孩子叫来。

秀莲茫然地问："那俩孩子不是还有他二妈吗？"

爹说："去吧，那个二妈能指望住了？"

玉峰没言语，就出去了，青子说："我跟你一起去吧。"回房里找了手电跟玉峰一起去了。

大庆喝药之后往乡卫生所送的路上就断了气儿。邻居们把他抬回来，把他和他爹、他大哥葬在一起，他70多岁的老妈耳朵听不见，也不知道到底发生了啥事儿。

等大家把大庆丧事忙完，才发现王改子有些异常，她眼睛发直，头发上挂着麦草，嘴里喃喃重复："我就是丢了碗，又没说是你拿的啊？""我丢了碗，没说你拿的啊？"……孩子去拉她，她依然喃喃自语，孩子一下子就哭了。

玉峰和青子到改子家叫孩子时，王改子坐在堂屋里，依然在喃喃自语，两个孩子一个在灶前烧火，一个踩着板凳在案板上和面。

玉峰说："青明、青芬，别做了，到我们家去吃饭。"

青明摇摇头："我还要给妈做呢。"

青子说："一会儿给你妈带些回来。"

出门的时候，大锤从隔壁屋里出来说："让俩娃在我家吃，我这儿快好了，准备一会儿就叫他们呢。"

大锤媳妇翠英在屋里边咳嗽边喊："大锤，快回来烧火！"

青子说："没事，就让他俩去我们家，我们家的饭已经好了，都在等着呢。"

一家人吃过团年饭，青明就拉着青芬要走，秀莲赶忙说："等等！"

边说边起身去厨房把油条、馓子、炸豆腐、炸红薯丸子给装了一袋子，又把米饭和菜给装了一桶，让他俩带回去给妈吃。

青子把孩子送了一程，转过身眼泪就流了出来。

收拾完厨房，一家人围坐火炉边，嗑着瓜子花生，唠着嗑，不时会有邻居们过来串门。

红红的火光映照着青子的脸庞，青子听着外面零零落落的小孩儿点鞭炮的声音，心里想着这年好像没有小时候的味道了。小时候年夜饭一吃过，锣鼓家什的就响起来了，孩子们跟着响器班子跑，一会儿去到屋里听会儿敲锣打鼓和唱歌，一会儿出去捡鞭炮，每到一家，主人都会把桌子上的瓜子糖果往孩子兜里塞。等到凌晨，孩子们困得不行了，才搭着鼓囊囊的衣服兜儿回到自己家，上衣兜裤子兜不是糖果就是鞭炮。睡梦中还惦记着明天早上早早起来穿新衣。

自从罗大叔过世，青壮年出去打工，再也没有人张罗这响器班子。原来这响器班子可是一直要热闹到过了正月十五呢。

十

春江水暖鸭先知。正月快过完时，河水开始破冰，水不再刺骨，几只鸭子早早地下到河里游泳了。

按照惯例，刘家给玉峰和青子分了家。一院房子三大间分给了玉山和玉岐，两家共用一间堂屋。剩下两间正屋和两间厢房，爹妈把两间厢房一间做厨房，一间做卧室，玉峰、青子把一间正屋隔开，后半间做卧室，前半间做厨房，然后和爹妈共用一间正屋做堂屋待人接客用。

有了自己的小窝，玉峰和青子好好收拾一番，在分给自己的地里种上粮食和蔬菜，甜蜜地过起小日子。地毕竟少，整日在家也没有多少活儿可干。闲不住的玉峰就和青子商量出去打工，挣上几年钱好另盖房子，不然等将来自己的孩子长大怎么办？

玉峰去北京的那天早晨，青子早早起床给玉峰烙煎饼，做猪肉粉条汤，等玉峰吃完，天还没很亮，俩人拎着昨晚收拾好的行李沿着上学时常走的那条小路翻山越岭去乡上赶头趟班车，同去的孙大有、吴小宁都赶在那儿会合。

当班车启动的那一刻，玉峰伸出头，嘱咐青子："赶快回去吧，外面太冷！"

青子扭过头就走，不想让玉峰看见她湿润的眼眶。

桃花再次盛开时，青子临盆了，秀莲脸上笑开了花，忙里忙外。青子生了个大胖小子，眼睛骨碌碌地转，像青子，头发黑黝黝也像青子，皮肤白白净净倒是像玉峰。

还没到满月，青子就按捺不住给玉峰写了信。

玉峰很快回信，按照之前的约定，男孩就叫一鸣。

有了孩子的日子过得更快，转眼到了秋天，孩子就能到处爬，选了一个天朗风轻的好天气，青子叫上玉鹃帮忙抱着一鸣到乡上照相馆给孩子照了几张照片，等过几天相片出来好给玉峰寄去。

到了年根前，小一鸣开始牙牙学语时，玉峰带着一年的收获回来了。人说一个家庭要兴旺，得常闻"三声"：婴儿哭声、读书声、织布声。刘家现在是"三声"俱全，玉峰爹依然在卫生所忙乎，秀莲起早贪黑闲不住，玉山玉岐两个小家庭经营得井井有条，一恒读初中，一敏上小学，家里墙上满满的都是奖状，一鸣健康活泼。玉峰回到这样的家里，感觉在外一年的辛劳、孤寂全都值了。

刘家洼的人们又开始为过年忙乎了，玉峰和青子抱着一鸣带上玉峰从北京买的礼品回去看爹妈，在娘家吃过晚饭才回来。

刚进家门口，玉峰二爹家的玉春风风火火地闯进院子，大声地喊："大娘、三——三哥，快！我姐上——上吊了！"

青子手上拿的一鸣的玩具"啪"的一声掉在地上，摔得七零八落，赶快往外跑，玉峰把一鸣塞给秀莲，也赶紧跑出来，秀莲抱着一鸣跟着跑，等到二爹家里，玉峰的二爹二娘已经把玉鹃放在床上，门梁上悬着的布带子还在晃荡，这时玉山、玉岐两家人都赶来了。玉鹃眼睛失神地盯着房梁，二娘哭哭啼啼说不出话，二爹唉声叹气。

秀莲把二娘拉到一边问咋回事儿？二娘一把鼻涕一把泪地说了事情经过："玉鹃不同意跟孙家结亲，说非王志明不嫁。前两天孙小海家派媒人来说，想赶年前订婚，还送来5000元彩礼。第二天我晒被子呢，在她褥子下面发现了她写给王志明的一封信，我认不得字，她爹就喊玉春来念，原来她和王志明都约好俩人腊月初二一起去深圳啊。这一看，把她爹气得饭都吃不下，眼看还有几天就腊月初二了，后来就把她锁在屋里，每天给她送饭。"

秀莲说："你们俩大人真糊涂，这么大的孩子咋能硬生生给锁屋里呀！"

二娘哭着说："我们这是没办法啊，哪想到这孩子就这么偏，她要是跑了，我们这老脸往哪儿搁，可咋给孙家交代啊？"

青子给玉鹃倒了一杯水，看看二爹，二爹瞅着烟袋锅闷不作声。

秀莲又去劝玉鹃，让玉鹃想开点儿，"鹃子，别动不动就想不开，你们都是刚出山的太阳，好日子还长得很呢。去外面也没你想得那么好，好好休息休息，没事儿到我们这边，跟青子多聊聊。"

这天晚上，青子就陪着玉鹃睡。

几天后，听人说王志明不见了，许是听说了玉鹃上吊的事，一个人去深圳了，没有给玉鹃只字片语。

腊月初十，玉鹃和孙小海订婚了。

十一

过完正月十五，刘家洼的人们还瑟缩在越来越淡的年尾巴里不太出门的时候，为了早一天实现盖新房的目标，青子把孩子托付给婆婆，背着行囊跟玉峰一起去了北京——那个小学课本里见过的地方。

走的那天早上，为了不惊醒一鸣，青子不让婆婆起来送，她用过年写对联剩下的红纸包了1000块钱，悄悄放在婆婆的案板上。

北京，对青子来说是个陌生的地方，但因为有玉峰在身边，青子没有茫然的感觉。

即使在一年半以后，青子因为想念生病的一鸣，毅然决然地离开北京，回到刘家洼，北京留在她这一生记忆深处的依然是温馨的回忆。

两天一晚的漫长路途，沿途看到一望无际的平原，还经过那么宽的河流，让她知道了刘家洼那层层山峰之外还有这样的地方。北京城里彻夜不灭的灯火，川流不息的车流人流，雍和宫巷子里的大爷大妈和摆摊设点的小贩，在她的岁月长河里成为一个永不熄灭的亮点。

她初到北京在西郊一个川菜馆里当服务员，饭馆老板曾数次在深夜喝醉后想跟她一诉衷肠，她没有告诉玉峰真实原因，坚决离开川菜馆。之后，她在海淀天桥摆摊卖书，认识了隔壁摊位那个长发斯文的东北女孩，这些人都不经意地让她原本单纯的世界观、人生观里多了一些不太容易想明白的纠结，伴随她一生，让她的思想比刘家洼的其他女人们显得更为深刻一些。

经历了一年半都市生活再次回到刘家洼的青子跟原来比没有太大变化，除了穿上了皮鞋，头发剪短了，多了几件时髦些的衣服之外，脸比原来白一些了。

这段时间，刘家洼的人们都在感叹一件奇事：后岭上开了几亩地的一大片血红的杜鹃。之所以惊奇，因为之前这里只有两株杜鹃花。

人们说："那是玉鹃的血染红的。"

青子听说玉鹃死了时，还在北京，婆婆来信说的。

玉鹃上吊未成，王志明悄无声息出走之后，玉鹃就木木地跟爹娘说："让孙家准备订婚吧。"翻过年，雪还没化完，玉鹃就嫁到孙家去了。同时，家里用孙家给的彩礼钱给玉春定了亲。

这儿的人们常说："嫁出去的女儿，泼出去的水。"玉鹃被泼出了刘家洼，没有人关心她在那边过得怎么样。

端午时节，玉鹃和孙小海回娘家来住了一天，第二天吃过中午饭就告别爹娘回家去。过了两天，刘家洼的马瘸子到后岭挖丹参，在一片树丛中间，发现了一具脸部血肉模糊的尸体，马瘸子吓得失魂落魄转身就跑时，又看到一棵歪脖子桦栎树上吊着一个人。马瘸子连滚带爬地跑回洼里人家门前时，瘫坐在地。等他清醒过来表述清楚之后，几个胆大的男人约着去看了现场，告知村上，然后向派出所报了案。那面部血肉模糊的尸体是玉鹃，树上吊着的是孙小海。

据警方走访和推测，两个人肯定是发生了争执，孙小海用石头砸死了玉鹃，然后上吊。孙小海的母亲连哭带骂："不要脸的女人呀，想着自己的野男人，不让自家男人近身，自己死了就算了，把我家小海也带走……"

一年过去了，后岭突然就有了一大片杜鹃花海。

青子回来的第二天回了娘家，晚上回来给一鸣洗了澡，玩儿了一会儿，一鸣就吵着要找奶奶，他还要跟奶奶睡。旅途疲劳还未褪尽的青子洗漱完就上床休息。

梦里脸颊红扑扑的玉鹃一袭白衣，在杜鹃花海中朝青子微笑，就像给青子当伴娘那天的笑容。

青子喊："玉鹃！玉鹃！"

玉鹃却向着天边一抹晚霞的方向慢慢飘，万丈霞光从玉鹃头顶洒向那片杜鹃花海，她就这样慢慢消失在一片霞光之中……

恨不能长出翅膀追上玉鹃的青子朝着霞光流下热泪，当她努力睁开眼睛时，清晨的阳光透过窗棂洒在床上。吃过早饭，青子叫上凤娇，一起去到后岭那一片杜鹃花海中，找了一片开阔地方，烧了点纸钱，还有玉鹃上吊那天二娘递给青子看的玉鹃写给王志明的那封信。

十二

今年的杜鹃花一直开到初秋。

玉峰所在厂子的活儿比往年少了很多。刚进腊月，玉峰就回来了。

刘家洼这两年盖了不少新房子。因为前年安徽庆源来了几个老板，在隔壁玉皇庙沟包了几片山，把山上从大炼钢铁之后长了几十年的桦栎树齐齐放倒打成锯末种上袋料香菇。附近零零星星吃到香菇的人们都觉得很神奇，锯末里面长出来的这东西吃上去跟瘦肉一样清香筋道。当听说那几个庆源人都发了大财之后，方圆左近的人们都学会了这个发家的门道。两年后，人们除了种庄稼、放牛羊，家家户户门前都搭起了香菇棚，县城和乡镇街道上都是卖香菇辅料的门市，有的卖了锯末机，有的买了三轮车帮人运木料，有的买了摩托车专门收香菇，弯弯曲曲的山路上经常看到摩托车后面码着又高又长的几大袋香菇。

能干的一年种上万袋，就能卖好几千。种上两年，就把家里的土房子拆了，盖上一层或一层半砖木结构的房子，钱不够的，就先住一楼，二楼用红砖先垒个框架起来。

玉峰和青子盘算着自己的小日子：在外打工这几年，挣的钱都在存折上。算算账，明年再踏踏实实干一年，盖一院三明两暗的宅子是足够的。砖瓦木料本村都能买到，需要从外面买的就是水泥和少量的钢筋辅料。

年前这几天，玉峰请村干部来家里吃饭，说了想要划宅基地的想法，村干部答应把这件事提到明年的议事日程。

随后，玉峰就不停被叫去给亲戚邻居们帮忙打锯末、种袋料。人们都要赶在年前年后这十几天砍树种香菇，因为这些天乡干部们也放假回家过年啊，没人来检查罚款。

刚开始种香菇时，没人管过。后来大片山坡变成光秃秃之后，就有人注意了，有记者在报纸上发了题为《成片林山变秃山 政府为何没人管》的文章，引起了有关领导重视，并做了严厉批示：刘家洼处在南水北调水源涵养区，此种乱砍滥伐行为必须立即制止，对渎职行为要严格追查。听说刘家洼所在县乡林业系统一批干部都背了处分，其中就有隔梁那边在乡林业站工作的王大军。从此，乡上又是到处刷禁止乱砍滥伐的标语，又是成立工作组进村入户，先是教育，然后点袋子收罚款，再不听继续种的，就没收锯末机。经常有群众和干部发生冲突。群众想不通：不让种香菇，拿什么去看病，拿什么去给孩子交学费。虽然现在已经不交上调款和农业税了，可教育和医疗的负担依然不轻。

这天下午，天变阴了。二哥找到正在帮晓波装袋的玉峰，要玉峰晚上去他家吃饭。因为天变了，担心年内没有好天气，找了几个帮工，让第二天给他帮忙去放一天树。让青建帮忙开三轮车，两个掌锯的，两个扛树的。吃饭时，青建吃了半碗就放下，闷着头不吭声。大家都知道青建媳妇二妮说是去广州打工，两年都没回来，音讯全无，留下两个没妈的孩子，青建又当爹又当娘，下半年青建去广州找了，也没见着个人影。一线希望也没有的青建越发消沉，衣服袖子一边长一边短，裤子边脱了线，头发乱蓬蓬的，他都懒得去管。

第二天，天蒙蒙亮，几个帮工就在玉岐家吃过早饭到后岭去了。

十三

这天没有太阳，天气阴冷。山上的树木光秃秃的，河边杨树上的鸟巢稀稀落落清晰可见。没有太阳，河里的冰化不了，挑水的人把冰砸个窟窿，用瓢从冰窟窿里舀水。

青子收拾了一鸣和玉峰换下的衣服，去到河里那一眼温泉边去洗，虽然是泉水，不会结冰，但手一出水，还是被冰得通红。青子边洗边想着昨晚做的怪梦：梦到奶奶在忙着做好吃的，蒸的白白软软热气腾腾的馒头，让青子吃，奶奶笑眯眯地看着青子吃了两口，又拿出刚炸好的金黄金黄的油条让青子吃，青子说吃饱了，不吃了。奶奶说：看你都瘦了，多吃点儿……青子感觉被撑醒了。青子想："怎么会做这样的梦呢？听老人们说，做梦吃东西，第二天会生气。自己在梦中吃这么多东西，今天会有啥事儿呢？"

陆陆续续有几个女人挎着篮子来洗衣服，小水潭边上热闹起来。河对面树林子里有乌鸦叫声传来，那几个谝得热闹的女人们没有在意，青子却听乌鸦的叫声特别刺耳。青子的心情跟天一样阴阴的，她草草洗完就回家了。

下午，青子从地窖里捡了几篮萝卜、红薯洗好；从菜地里拔了几棵大白菜，把剩下的白菜用自制的袋子套好；又忙着泡豆子发豆芽，起面准备炸油条、麻花、馓子，另挑拣一些黄豆磨豆腐用。

天色转暗了，一鸣把家里电灯打开看童话书。刘家洼今年通了电，用了几十年的煤油灯收了起来，人们感觉很新奇。年龄大的人说：毛主席他老人家说的"楼上楼下，电灯电话"，现在都实现了。虽然电话还只有乡政府有，楼上楼下也只有乡政府跟前的桐油厂盖了两层的办公楼。人们用电灯还是很节省，不到天色黑透是不会轻易开灯的，因为用电要交电费。

估计玉峰该回来了，青子往火炉添了两块树疙瘩，让火更旺点儿，就去准备晚饭了。

刚把灶里火烧着，锅里添上水，开始擀面呢。听得外面一阵脚步声，李新明一头扎进厨房，青子吓了一大跳。

李新明上气不接下气地说："青、青、青子，快、快！"

青子心一沉，问："咋了？"

李新明说："车、车翻了！"

青子"呼"地冲到夜幕中，又"呼"地回转身，到房里抓了手电跟着李新明往外跑。

当把玉峰从一堆树杠子下面扒出来拉回家后，已经从昏迷中醒来没有眼泪的青子才听人说了事情原委：天黑了，只剩最后一趟，堆得高高的三轮车才开始往回返，一个坐在司机车头上，剩余几个人就扒到树木面上坐着。三轮车"突突突"地走到后岭下面三道弯处时，左边路基被压垮了，三轮车失控侧翻，当时坐在靠右边的两个人跳下了车，坐在左侧的玉峰刚跳下，一堆树木就翻滚着从他身上压过。

人们都没有听到玉峰喊叫，等七手八脚搬开一堆树木后，玉峰已经停止了呼吸。

3天后，奶奶坟地斜前方的小平地里添了一座新坟。

此后几十年里，青子只要闭上眼，脑海就会浮出如下画面：朝着青子走来的玉峰俊朗如初，干净的白衬衣下红背心隐隐可见，头发闪着光泽，深邃的目光澄澈，高高的鼻梁配着白皙的脸庞散发青春的光芒，午后的阳光洒在他的身上，那是印在青子心底他一生最好的时光。

没有参加玉峰婚礼的妙玲这次来了，她赶来时玉峰已经下葬。在人们都散去之后，妙玲带着一鸣在坟前待了很久，把松了的土都轻轻拨平整。

十四

又一个春天来临，山上的迎春花、沟里的桃花仍旧渐次开放，玉峰的坟前长出了一些不知名的紫花。

河水解冻，土壤松软。年轻人该出去打工的和上学的都走了，留下的老人和女人们又扛着锄头下地锄麦草了。如今，养牛羊的人家只有两户了。当人们经过小河沟看到那潮湿的新坟时，总觉得刘家洼少了热闹，春天越发寂寞，心底会有说不出的惆怅，只有极少数几个人偶尔会怀念当年青子的歌声，是的，至少有两年没有听到青子那样无拘无束的歌声了，估计青子今后不会再唱了吧？

大庆那疯了的嫂子在春天也开始在路上流浪了，她变得安静了，只一个人小声喃喃自语，有时会把衣服脱光了在路上走，秀莲、青子多次拿出衣服拉住她，给她穿上，但改天再看到，她还是光着的。这种状况并没有持续太长时间，有一天，大家突然记起，好久没看到她了，一个孩子出去打工，一个靠学校资助上学的孩子回来也找不到妈妈了。

而刘家洼的寂寞没有持续太久，新的热闹又来了。经常会有县上、镇上（刘家洼所在的乡已经和另外一个乡合并成为镇）的干部经常带着三三两两穿着入时的人来这里考察，说是要搞旅游开发，后岭那一大片杜鹃花海在方圆几百里是独有的，和后岭相连的山东边是冷水河，河水清澈，古树参天，古藤缠绕，后岭山头还有当年李家寨最大的地主为了躲土匪在这里修的寨子，西边是七里长峡金丝峡。新来的县长下乡看到为了保护山林不让群众种香菇没收锯末机发生争执的场面后，曾暗自落泪。为了发展全县经济，他想过药材、加工业等多种富民强县渠道，最终在一次下乡调研途中听说有这么一个风景如画的地方，他立即让老乡带路，两天时间实地走了一遍后，回去立即召开会议决定发展旅游。于是就开始了广泛招商，同时争取项目先做规划、修道路。

刘家洼通了水泥路，当牛羊再上路就感觉诸多不便，要经常给过往的摩托车、汽车让路，拉下的粪便在水泥路面上也特别刺眼。

县里一家公司在这里探测出了钒矿之后，很快就开始了挖山开采。年底，打工回来的人们发现钒矿招工，人们很惊奇地议论："在家门口也可以务工，不用再背井离乡了。"

干活儿利落的青子被请到矿山做饭，每个月600多元工资。在一鸣大伯的建议下，懂事、用功的一鸣到县城上中学，平时住校，周末分别去在县城居住的大伯、二伯家吃饭，节假日才回刘家洼来，一鸣的爷爷奶奶有时会到县城两个儿子家小住，大多数时候在刘家洼。

玉峰走后第三年，秀莲硬撮合让青子嫁给青健的弟弟青林成了新家。当青子不同意时，秀莲说："孩子，不是我硬赶你，一鸣一天天大了，我们也终究会走啊，你年轻，往后的日子还长，在这农村，一个年轻守寡的女人再好强也抵不住人多嘴杂。听妈的，青林这孩子我看着长大的，玉峰走了后，他经常帮我和你爹干这干那，我就明白这孩子心里有你了，青林老实话不多，靠得住，不会让你受苦的。"

那几年，方圆左近很多人找到青子父母哥嫂要给青子介绍对象，青子一个都没应承，最后，她听了秀莲的话。

那天下午，正在河边洗菜的青子听到矿上那个一口四川口音的小保安来喊："晓青姐，有个美女找你。"

诧异的青子赶忙提着一篮洗好的青菜萝卜回到厂区，眼前戴着墨镜，穿着旗袍和黑色大衣，长发披肩，对她粲然一笑的女子让她更为诧异："妙玲！你咋突然来了？"

妙玲给青子打下手帮她给矿工们做好晚饭，平时不太说话的工人们今天都显得有些兴奋，有的吃完了还要蹭到厨房要喝面汤的，有来要蒜瓣的，都忍不住对厨房新来的这个摩登女子多瞄两眼，青子看在眼里，故意打趣："吃了干的还要吃稀的，你咋恁能吃？"

一鸣的爷爷奶奶最近去县城了。收拾完之后，青子带了一份饭，跟妙玲回了自己家。

当青子把饭菜在桌子上摆好，去牵青林出来在桌子边坐下时，她察觉到了妙玲诧异的神色。

初秋的夜晚，微凉的风吹过，微缺的月亮孤独地升起在东山顶，坐在院子里的青子和妙玲又忆起了小时候对着天边想过无数次的问题：山那边什么样？现在，她俩都知道山外面什么样了，而山这边似乎也不是原来的样了，可那山、那月亮分明还是小时候的模样，几千年前不也是这样吗？

青子说："青林是个好强的人，我嫁过来之后，他一心想着要多挣点钱，把这旧房子拆了，盖上几间砖木结构的平房。他就去山西煤矿干活儿，拼了命地干，去年回来老咳嗽，越来越没劲，走两步路就气喘，后来去县医院检查，又去市医院检查，结果说是尘肺病，医生说好多在煤矿干活儿的都得了这种病。青林坚持不住院，要在家喝中药，而且还闲不住，不让他干活儿，他非要趁我不在时悄悄去扫地、拎水、抱柴，一鸣每次回来上学走时，他都要亲自给蒸馍、做菜。每逢清明和玉峰的周年祭，他都陪我一起去上坟，给坟添土，只是他的病情越来越不见好……"

妙玲的眼眶湿润了，她想到了身处繁华都市的那些纸醉金迷的一切向"钱"看的男人和女人们，很多年没有听说过这种真挚的相濡以沫的感情了。

那么，世界似乎是公平的。闭塞的刘家洼没有漂亮时装、没有听说过"天上人间"，可他们有无知，也有真情守候。繁华的都市有各种享乐，似乎永远走在潮流前沿。曾经纯真的我们被不同的环境磨砺成了不同的样子，我们都无法回到过去的样子，也无法回到对方的圈子。

这次带朋友回来考察杜鹃岭旅游开发项目的妙玲第二天就赶回县城跟朋友会合，朋友说要回去做预算，然后再动员一个合伙人。为了提升知名度，加快旅游开发，后岭已经被更名为杜鹃岭了。

十五

淅淅沥沥的梅雨季节来临了，梧桐花依然纷飞飘落，依然会引发少男少女们淡淡的惆怅，而忙于生活的青子已经没有闲暇再坐在窗前发呆。

这场雨断断续续下了21天半，太阳还没有露脸。矿山没法正常采挖，还留了几个保安、值班人员，还有几个技术工。这天下午，青子给工人们做完饭，收拾好之后，打着伞回家伺候青林吃完饭早早睡觉。

半夜时候，迷迷糊糊的青子被青林急促的声音叫醒："青子，快快，好像是滑坡了！"

在矿山干过多年活儿的青林是有经验的。青子跑到院子外面，听到钒矿方向像是有石头滚落的声音。

青子问："不是滑坡吧，声音不像啊？"

青林说："刚才声音可大了，你没听着？"

青子听到有人喊叫的声音，有人跟着往矿山方向去了，青子也打手电往那边赶，她不让青林过去。

通往厂区的路已经被埋无法通过，当人们沿着山脊爬过去时，天已经蒙蒙亮，两排工棚被掩埋了，厂区门卫室塌了一半。

村主任一边安排村组干部在现场组织群众用工具挖土方，一边跑回村部向镇上汇报。镇上领导带领人员赶到现场时，村民们挖出了一位四川的民工，人昏迷着，镇领导赶紧让随行的医护人员一边紧急抢救，一边往医院送。中午时分，县上领导也来了，因为有一段路塌方车过不了，领导们冒雨步行了十几里才赶到现场。很快安排矿山调来了挖掘机、铲车，紧急救援。当下午副市长赶到时，已经挖出了5个人，来不及看有无生命特征，一律先送往医院。据侥幸逃脱的保安和青子说，当晚在矿区工棚的有15个人，有5个外地人，10个当地人，其中还有青子的哥哥晓波，晓波因为要看护机械，所以晚上没有回家。

晚上，市长也赶来了，并明确指示：要不惜一切代价，全力以赴抢救被困人员。

青子一边祈祷早些救出被困人员，祈祷晓波能创造奇迹，一边在离矿区最近的大旺家里，和几个妇女一起给来的各级领导，还有搜救工作人员做饭。青子记事以来，刘家洼第一次来了这么多领导，而且是大领导，听说还有记者也来采访。

救援进行了五天四夜，直到挖出了第 15 个矿工，准确地说，是尸体。第四天，天才放晴。晓波也在刘家洼走完了 42 年的人生历程，在这一场事故中永远闭上了双眼，虽然家里还有父母妻子儿女，他听不到他们凄厉的哭声，对他们今后艰难的生活也无能为力。

在商量如何给死难矿工赔偿时，意料之中地产生了分歧：矿上答应给每名死难矿工家属赔付 18 万元，矿工家属要 50 万。县上在事故应急救援小组之后又成立事故善后处理小组，让双方代表在一起商量，各自找出赔付数额依据，富有经验的工作人员调解了一天一夜，矿山答应给每位死难矿工家属再加两万元，家属们则说总额不得低于 45 万元。

双方各执己见。矿主代表说矿上也没钱，今年钒价走低，又因为刘家洼所在县被列为"南水北调"水源保护区，钒矿这类污染企业属于关停对象，而该矿大老板一直在努力跑关系，争取多存活一段时间，还要不停地接受安监、环保部门检查，进行各项技术改进，将污染最大限度降低，虽然刘家洼的水已经发绿，河里已经没有了鱼虾，河道两岸的树已经枯死……

遇难矿工家属代表则认为，遇难矿工都是家里的顶梁柱，上有老，下有小，老人、妻子、孩子的生活费、赡养费、抚养费、精神损失费等各项费用下来，没有 50 万怎么生活？

后来见识多的外地矿工家属出主意带头到县政府门口拉横幅静坐，同时安排人到市里上访，说再不解决就把棺材抬到政府门口。晓波媳妇凤娇也要跟着去，青子劝她："嫂子你别去了，我看领导们都尽心尽力帮助解决呢，跑政府门口去影响人家工作又丢人。"最后凤娇还是架不住其他家属鼓动，不好一个人躲在家里不参加集体行动，也去加入了静坐行列，虽然她并不知道如何说，能达到什么目的。

又经过几天拉锯战，为了不让事态扩大，最后政府强制要求矿主出 30 万元，政府给每位遇难矿工家属补 8 万元，等于给每名遇难矿工家属赔付 38 万元。政府先给每户 8 万让把人先安葬，剩余矿上该出的由政府采取措施封存矿上资产，限定 15 天之内补偿到位。

随后的刘家洼就忙于办丧事。以前给各家查日子的文瞎子已经过世，现在就由隔山柏树沟的汪长娃接替这份工作，结合生辰八字给每个亡灵选了适宜的日子下葬。

十六

初冬很快来临。阳坡台钒矿区面目全非，钒矿已被关停。那里成了一片伤心的死亡之地，人们轻易不再涉足那里，又开始外出寻找活路。

曾因为钒矿开采热闹了几年的刘家洼好像又恢复了寂静，杜鹃岭旅游开发一直在招商，但因为这儿太过偏远，开发投资大，政府还要先把从县城到镇上再到这儿的路整修拓宽，所以如今还没有人正式投资，杜鹃花每年依旧在那远离喧嚣的地方灿烂开放。

放寒假了，在外上学的孩子们陆陆续续回到这里，外出的人也带着或多或少的收成回来了，刘家洼才又恢复了一点儿生机。

哥哥离世，爹娘日益显老，娘耳朵已经听不见了，爹的腰背驼得总像是要够到地面捡石头，洼里的狗见到他都躲着跑。青子每隔几天就要翻山去中医那里给青林买中药回来，可青林病情时好时坏，身体是一年不如一年。在这孤寂的环境里，抬头就是亲人的坟墓，回到家就是伺候老人病人，乐观的青子鬓角也染上了白霜。唯一让她欣慰的是，一鸣今年高考考了全县第二名的好成绩，被哈工大录取，学校给发来喜报，县团委通过希望工程给予每学年 5000 元的资助，青子又拿出仅有的一点儿积蓄给孩子凑够生活费，开学时候村干部们专门来祝贺欢送，这可是刘家洼出的第一个正经的本科生！村干部说："晓青，你这些年的坚持和辛苦都值了！"青子说："还不都是邻里乡亲们互相帮衬的。"

一鸣在家帮妈妈家里家外干活儿，给继父熬药喂饭。走的时候，青林想送却起不了床，枯黄的脸上流下两行热泪。待青子把一鸣送到县城回来给青林擦洗时，发现一鸣给青林枕头下放了 500 元钱，留下一封信，说是要给父亲好好治病，一定要等到他毕业工作了，能挣钱了，把爹接到大城市去治病。

青林泣不成声，青子帮他擦干眼泪。

挨到杜鹃花开的时候，青林没能等到一鸣放暑假，还是带着牵挂和不舍闭上了眼睛。

给青林选墓地时，青子坚持要选在玉峰和奶奶那一片儿，那样他们互相陪伴都不寂寞。青子心里想："都是亲人，那儿也有我的一块地方呢。"

除了爹娘和一鸣，青子就了无牵挂了。她专心伺候自己家的几亩地，地里收回来的东西除了自己吃外，剩余的都卖了把钱攒着，给一鸣寄生活费。千里之外的一鸣有次收到妈妈的信，里面夹着妈妈卖豆子换来的 200 元钱，还有她亲手织的毛衣围巾时，也曾一个人跑到校园拐角哭了很久很久……

而打算过平静日子的青子并没平静多久。青林才走 3 个月，媒人们就开始上门了，青子一概找借口避而不见，有的还去做青子爹娘的工作，青子坚决地告诉爹娘："你俩好好照顾自己身体，不要操心我的事，我自己的日子自己知道咋过。"

有媒人三番五次吃了闭门羹之后，就在外面传开了："杨晓青命硬，两个男人都让她克死了，谁敢再娶她呀！"

这话传到凤娇耳朵里，凤娇就说给青子听，青子笑了："这不是最好的挡箭牌吗？"自此，她的门前彻底清净了。

也有不三不四的男人，或是不甘心的男人会有事没事蹭到青子门前，要么找水喝，要么借东西。在刘家洼生活了半辈子的青子深深知道：寡妇门前是非多。当年婆婆秀莲劝青子再嫁时，就是这么说的。青子对那些男人们的请求一概拒绝，从不给他们一个笑脸。

而嫂子凤娇和河南一个经常过来收香菇的单身男人王志感情相投遭到娘的冷脸反对时，青子极力劝娘要豁达些，晓波不在了，爹娘年龄大了，还有俩孩子，凤娇一个人咋撑得起来？凤娇得以和王志成亲，王志成了杨家上门女婿，对二老和孩子都还知冷知热。

一鸣还有半年才毕业，就已经被成都一家企业录取，提前签了劳动合同。过年前五天，一鸣风尘仆仆地赶回刘家洼，他从大双肩包里一样样地掏出给外公外婆、爷爷奶奶，还有弟弟妹妹们的礼物，最后掏出了给青子买的围巾、靴子。看着他专注地掏东西的样子，还有那高鼻梁、深邃的眸子、白净的皮肤，青子恍惚看到了20年前的玉峰从北京回来。只是一鸣更显斯文，孩子似乎有些过瘦。青子拍拍一鸣的肩膀，抱怨说："一鸣，你还上学呢，哪来这些钱买东西。"一鸣拉着妈妈的手说："妈，你就不用操心了，儿子我长大了，能挣钱了，我除了上学，还兼职做了家教呢！"青子笑着说："嗯，好！咱家出了个人尖尖！"

　　爷爷奶奶也分外高兴，几个孙子孙女一个比一个出息，一恒卫校毕业在市医院工作，一敏师范毕业当了老师。老人看着几个孩子，笑着说："娃呀，在外好好干，公家饭不能白吃，要对得起国家给你们发的工资。"孩子们偷笑着脆生生地回答："是！爷爷奶奶大人，我们一定会努力工作，为人民服务！"秀莲捏住一敏的耳朵笑："傻丫头，给我找孙女婿时眼睛放亮点！"然后又摸着一鸣的头说："一鸣啊，将来找了媳妇一定要对你妈好，你妈这辈子太不容易了。"一鸣说："奶奶，我知道。"一恒已经谈了女朋友，准备明年结婚呢。爷爷抽着烟，眯着眼笑，秀莲说："哎呀，娃娃们，你们都长了翅膀飞到远处去了，将来别忙得不回来给我们上坟哟。"几个孩子说："傻奶奶，你不知道你是能活200岁的福奶奶吗？"秀莲笑得合不拢嘴："哟，等我老成妖精，你们可别嫌弃。"

　　这个年青子、一鸣和爷爷奶奶在一起过的，好像很多年以来，这是最喜庆的一个年。虽然整个刘家洼的年味都变淡了，可刘家因为这一群孩子，反而越发喜庆。

十七

　　杜鹃岭上杜鹃花正艳的时候，工作一年半的一鸣领着女朋友若兰回刘家洼来了。

　　青子拉着漂亮、充满书卷气的若兰说："一鸣，这是电视上才能见到的漂亮姑娘，你咋就能给领回来了！看咱这穷窝窝不把孩子委屈了。"

　　若兰笑着说："阿姨，我家也在农村呢。"

青子忙不迭地把家里所有她认为最好的东西都拿出来，煮腊肉、蒸包子、包饺子、炖鸡汤，每顿饭不重样，还把一鸣爷爷奶奶、外公外婆、舅妈轮番请来一起吃饭。

第三天，青子带着馒头、烧酒和鸡腿，领俩孩子去自己奶奶和玉峰、青林坟上烧纸。青子想着日子终于太平了，玉峰和青林却无福消受，潸然泪下。

看着俩孩子心情沉重，青子说："一鸣、若兰，去杜鹃岭转转，别的地儿看不到这么美的杜鹃花海。"

若兰说："阿姨，我们一起去吧。"

青子说："你们去吧，我腿脚没你们灵便，连累你们。我习惯在家晒晒太阳。"

一鸣就领着若兰去了。碧蓝的天空飘过一丝如絮般轻柔的云彩，看着那一眼望不到边、红艳似火的杜鹃花，若兰高兴地在花海里起舞。走累的时候，他俩躺在花丛中，看着蓝天。

若兰说："一鸣，你妈妈真好！"

一鸣说："世上只有妈妈好。"

若兰说："你家乡好美呀！"

一鸣说："谁不说俺家乡好！"

若兰拧了一鸣耳朵："油腔滑调！"

一鸣说："我家乡美，妈妈好，你跟我在刘家洼生活吧！"

若兰说："想得美！不过等老了说不定可以。"

一年后，一鸣结婚。青子平生第二次远离刘家洼，去到成都参加一鸣的婚礼。

两年后，若兰怀孕5个月时，一鸣回来接妈妈去成都。这次，一鸣打定主意要做通妈妈的思想工作，让她在成都住下来。

青子说："一鸣啊，我去照顾一段时间若兰，等孩子生了，我还要回来，你两个爹睡在这儿，我走远了，他们不习惯。"

一鸣说："妈，孩子生了你不管谁管啊。你忘了若兰在家是幺女，妈妈年龄比你大好多，带不动孩子了。"

青子问："那可咋办呢？"

一鸣说："放心，每年清明和过年我们都会陪你回来看爹。"

青子第一次坐飞机，一鸣给妈妈买了靠窗口的位置。飞机向上爬升还没有穿过云层时，青子努力地从窗口向下看，她想看看刘家洼在哪里，不知能不能看到玉峰和青林的坟。

当飞机升到一片云海上时，她看不到一辈子都没有离开的山了，心里空荡荡的。

她想起多年前在北京天桥上摆书摊时，看到一本书上的一个情节。患了不治之症的妈妈对女儿说："宝贝，你要乖乖的，不然，等哪天妈妈走了，没人疼你。"孩子问："妈妈，你会去哪里？是要去天上吗？"妈妈说："对呀。"孩子说："妈妈，我能找到你。我会一朵朵地敲开云彩去找你。"

青子泪眼模糊，一鸣搂了搂她的肩膀。

十八

我的扶贫包村点在双龙村，刘家洼是其中一个组。

如今的刘家洼组只有 7 户人家了。我们从各自的包扶户回到村部时，夕阳刚刚没过西山顶，凉气渐渐袭来，同事在村部院墙外的坡根捡了一些干树枝在院子里生火，我站在村部二楼，看到院墙外水泥路上有一个老太太背着一背篓柴，我快步下楼赶过去要帮她接过来，她已不大能听清我说的话，通过手势明白后慈祥地谢绝了我的好意，后来只要是不下雨的天气，都能在那条路上遇到，在我的几次坚持下，她终于接受了我的举手之劳。后来跟附近老乡聊过得知老太太91岁了，身体硬朗没有一点儿毛病，家人不让干活儿，是她自己主动要走动着去干活儿。

村主任说，双龙村这样的老人有三四位呢，三个老太太和一个老爷爷。几个老太太都还跟年轻人吃一样多的饭，跟年轻人一样下地锄草。老爷爷就是村主任的伯父，现住在他家，每天还能喝半瓷缸烧酒。

如今还有一部分群众靠种香菇谋生。我和同事谋划帮助村上发展产业，可这个村成片的地太少，都是在山窝窝或是沟沟岔岔里散布着一小坨一小坨的不规则的地块。只有在原有的传统制造业——酿酒上做点文章（这儿酿的苞谷酒曾经香飘三省，远近闻名），还有养殖业可以发展。

弯弯曲曲的村道上行人或车辆都很少，几乎见不到孩子们的身影。村干部都在镇上盖了房子，镇上村上两头住。经过撤并，这儿已经没有学校，人们都想法在镇上落脚让孩子上学，条件好点儿的去了县城读书。

我联系的几户，有一个中年男人妻子离世后在县城打工带两个孩子读书；有一个50岁左右的妇女，丈夫离世，俩孩子分别在外务工和读书，过年才回来；有一对老夫妇常年有病，女儿出嫁，儿子在外地做了上门女婿；还有一户是一个失聪老人，经常是邻居给他端饭过来；村部对面的一家是一个终身未娶的50多岁的男人。

刘家洼离河较远，双龙另外两个组在滔河边，山林茂密，河水碧绿，河水流过双龙就到了湖北省境内。沿村部向南拐过一个弯有一个湖泊，湖边奇峰峻峭，灌木翠绿，湖边一棵300多年的柳树倩影倒映在湖面，岸上一片齐整的温润的土地养育着几户瓦黛墙白的人家，好一派山朗水润禾丰的田园风光。村主任说："凡是地里收拾得干净齐整的人家都是缺钱户，凡是地里长满荒草的都是在外想法家里不穷的户。"

我感叹："这真是一块人杰地灵的宝地。"村主任说："传说这儿就是一处妃子地，是要出王妃的，这里的姑娘是很漂亮的。"但眼下在这儿远离城镇的地方已经见不到年轻姑娘了。

我想："青子成长的那些年应该是刘家洼最好、最幸福的时光了。"

充满青春活力、歌声嘹亮的青子们已经成为还留守在这儿的少数老人们的回忆，20 年后将一切尘封，无人知晓。

影　子

她的前世今生

  我叫她"姑姑"。我看着她在案板前擀面。面团在她手里随着擀杖的滚动而上下翻飞，越来越薄，越来越大。干枯的头发有些凌乱，拢在脑后扎成马尾。头顶 40 瓦的灯泡发出暗黄的光，使她头上夹杂的白发格外显眼。陈旧的格子外套裹在她发福的身子上，像一件被岁月侵蚀褪尽光华的前朝漆器，只有我见证过这件漆器曾经的风采。

  此刻，我正和有脑溢血后遗症行动不便的"姑父"林涛坐在这个昏暗房屋中间的一张小方桌前吃菜喝酒，褪尽光彩的"姑姑"做的菜依然是当年的味道，她不时抬起头招呼我多吃点儿红烧肉，吩咐林涛给我夹菜。面团已经擀成如蝉翼般的大张面皮，她把面皮折好，拿起菜刀"嘣嘣嘣嘣"几秒钟就切成面条，拎起抖开，撒上玉米粉，拍拍手。又去坐在灶台前往灶里添火，烟把她炝得咳嗽几声，我停下和"姑父"唠嗑，招呼"姑姑"过来坐下吃菜，歇会儿。

不到50岁的"姑姑"脸上皱纹已经开始堆叠，眼角眉梢却依稀可见当年风韵，两眉间的美人痣仍如当年。当年，她在离县城10公里的一个镇子上住，也是和现在一样，租的房子。不同的是，那房子是我在公安局当领导的伯父给她租的。她正值芳龄，光鲜亮丽，每天在那间同样光鲜亮丽的房间里绣花做针线，在一天天等待伯父随时光临的时光里，绣了一沓沓鸳鸯戏水、百鸟朝凤、喜鹊踏梅的鞋垫，做了一双双厚底、薄底棉鞋、单鞋。

我那时远离家乡在这个镇子读书，一个周末，伯父把我带到她那个有着淡淡雪花膏香味的房子里，让我叫她"姑姑"。她在美好寂寞的日子里主动替伯父担当起照顾我这个"侄子"的任务，在周末叫我过来，给我做可口饭菜，帮我换洗衣服，替公务繁忙的伯父做这一切，她满心欢喜且心甘情愿。伯父一般只在平时抽时间来那个春光四溢的房子里，周末则在自己家里陪妻子儿女。

我不太懂也没有多问伯父和她到底什么关系，以本能的敏感从来不在家人跟前提起，可能正因如此，伯父也信任并喜欢我，偶尔会在给她钱的时候也给我掏点儿零花钱，而我因为有这么一个厉害的伯父，在学校里是什么都不怕的，那些刺头们见了我都要消停几分。伯母和堂哥堂姐们并不是很待见我这个穷亲戚，我几乎没有去过伯父伯母的那个家里。而她把对伯父的崇拜和无法充分倾诉的心思大半都用在我身上，把我当自己的孩子般照顾得无微不至，虽然她只比我大五六岁，我上初中，她十七八岁。

家境贫寒的她是单纯的。乌黑的头发编成粗辫子，白皙的搽了雪花膏的皮肤像缎子熠熠闪光，如七月黑葡萄般的眼睛带着水光晶莹剔透，姣好的身材透着青春的弹性。因为"爱"和"期盼"，日子似乎定格，估计她没有想过"未来"这个字眼。

然而有一天，我放学回到那个房子门口，发现房间凌乱不堪，衣服扔了一地，做饭的锅碗瓢盆都被摔碎，"姑姑"坐在床边哭泣，蓬头垢面，脸上伤痕累累，伯父在抽烟，我悄悄退出……

后来，那个房子上了锁。

"他"的影子

李文叫我"姑姑"。我坐在灶台后烧火，偶尔抬头，看一眼和林涛碰酒唠嗑的李文，仿佛看到了当年的"他"。是的，李文很像"他"，身板敦实，浓眉大眼，头发黑亮，鼻梁挺直，声音洪亮，甚至那浓密黑长的睫毛都神似。

25年前，是"他"把李文带到我面前的。那时，阳光正好，李文身子羸弱，不合身的衣服在他身上晃荡，菜色脸庞上写着经常吃不饱饭的窘迫，略显呆滞的眼神，总是盯着自己脚尖跟人说话。"他"告诉我，这是"他"侄子，父亲过世早，有时候周末过来，给娃做顿好吃的。

我每到周五下午，就去街上采购，变着花样给李文改善生活，我做的红烧肉每次都被吃得溜光，"跟他伯父一个样，就爱吃红烧肉"，此后每个周末，红烧肉都是主菜。有时，后院的"混混"林涛都循着香味赶来了。

"他"是我心目中的英雄。那年，邻居盖房堵了我家出路，老实的父亲去理论反而被打伤昏迷，时任派出所所长的"他"为我家主持公道，限邻居三天内拆除障碍，疏通出路，并赔偿父亲医药费、误工费。

自此，"他"经常到我家嘘寒问暖。一个春风荡漾的下午，"他"

带我来到那间屋子，说是专门为我租的，干净整洁的房间弥漫着春天的气息。平日里，"他"会趁工作间隙到我的房子里来，待上两个小时，"他"从不在这里过夜，来时空手，走时会留点儿钱，让我自己付房租，买衣服，买生活用品。"他"来时，感觉春光洒满一屋，即使外面雪花纷飞。"他"走后，我就把满腔的爱、满脑的情绣进鞋垫里，缝进针线里，在一日日的等候和分别中打发时光，似乎不知道什么是"未来"。

一天下午，一个凶神恶煞的女人冲进我的房间，发疯般地撒泼打砸，把世间所有能想到的对女人极尽侮辱的词汇全都吐到我身上。平生第一次遭受这突如其来的凌辱，我害怕我颤抖，无从还手。关键时刻，"他"来了，黑着脸站在门口，那女人压着嗓子哭吼了几声，骂骂咧咧地走了。

此后，我被搬到另外一个地方，没有再叫李文去过。"他"还是会去我的房子，只是比原来少多了。后来有几个月，"他"都没有再来。镇子上的几个不务正业的小伙子们开始找着由头觍着脸往我这儿蹭，其中有林涛，我一概冷眼相对。有时睡到半夜，窗外总有各种怪声，还有敲窗户的声音。

转眼，我已 25 岁，成了镇子上的大姑娘。"他"有半年没来过。有一天，林涛跟我说，你别傻了，"他"死了。那一刻，房间似乎一下子陷入无边"黑洞"，我的生活再没有了春天。

想"他"的时候，我悄悄去"他"的墓地坐一下午，只在墓前流下两行泪水。

豪情只是当年

我是林涛，当年拥她入怀时，我豪情满怀。

锅里水开了，我看她掀开锅盖，在腾腾白雾里均匀撒下撺好的面条，再盖上锅盖。抽空儿过来给李文斟满酒杯，顺手把我袄子上的一点儿灰拍了拍，拾起地上的拐杖靠在墙边。

她很自然地做这一切，我眼眶湿润，既为着她的体贴，也为着自己不争气的身体，没能让她过上好日子。

那时，带着一帮弟兄四处晃荡的我知道她是"他"的相好，对她垂涎三尺却无可奈何。一次我替兄弟打抱不平捅伤两个人，被警察抓去后因为嘴硬死活不供出同伙被打得屁股开花，后来在看守所关了三个月。

一天傍晚，我瞄见"他"从她房子出去。第二天，"他"老婆从门缝里发现一张纸条，下午就找到了"他"和她的爱巢。那一天，"他"因一件案子来得比惯常晚了一会儿，女人没有抓到"他"的现行，她却受尽百般凌辱。我为此心疼她而自责了好久。

女人回去无处撒气，跑到公安局局长办公室鼻涕一把泪一把哭诉自己的不幸，请求局长为她做主，把"他"的丑事闹得人尽皆知。没几天，一个"混混"在看守所里上吊自尽，"他"作为看守所分管领导挨了处分，精疲力竭的"他"病倒了。

"他"许久不再光临她的小屋，闲散的小伙子们便像苍蝇一般时常在她房前屋后转悠却无从得手，因为我在这片儿盯着呢。有一个胆大的趁她外出提水的时刻溜进她屋子，等她回来就从背后抱住她，她大声呼救，我及时赶到，把那胆大的毛贼揍得满地找牙，抱头鼠窜。

我把无助的她拥进怀里，为她擦去泪水，为自己导演的"英雄救美"暗自得意。而她清醒之后依然对我很冷淡。直到"他"在医院死去。我来到她的房子，亲自对她宣布了"他"的死讯。这一次，她倒在我怀里，哭得四肢僵硬，晕了过去。

她醒来后，我郑重地对她说："跟我吧，我一定会让你过上跟以前一样的日子。"她沉默，示意我先回去。她特别冷静的状态让我不放心，我没有走远。她一条白绫将自己吊在房梁上踢翻凳子的那一刻，还是我抱下了她。自此，我带着她仗剑走天涯，去过山西煤窑，到内蒙古倒腾皮货，去湖北开过饭店，却始终没有发达。不知是她年轻时流产身体没有恢复好还是其他原因，我俩婚后多年膝下无子，后抱养了一个女儿。

几年前，我借钱买了大车起早贪黑给别人拉货，两年不到还了债，手头开始结余，却在一个冬夜从车厢睡一觉醒来后发现自己半边身子没了知觉，说话舌头也转不过来了。在她精心服侍下，半年后才慢慢好转。回到县城租了这么一个大间房子暂时安顿下来。

那天，她在街上遇见李文。之后，她绣了鞋垫给李文送去，邀请李文到家来吃顿饭……

李文端起酒杯，对我说："姑父，回头我想法帮你们申请一套廉租房吧。"

我向她投去问询的目光，她眼里有泪光闪烁。

我想，她该是看到了"他"的影子。

以 为

一

一眨眼，我想起的这件事情竟然已经跨了一个世纪。那时的我刚刚踏入社会。

"我的那场外遇，就像跳进了一个看上去很美的水潭，当我发现依然会呛水的时候，我努力向外挣扎，顾不上以什么姿势出来，能出来才是最重要的。"他悠悠地说。

两年不见，他再出现时，竟然如此迷幻。看来生活才是最好的老师。

初夏的下午，阳光洒在他的肩上，他头上徒增的白发在阳光下隐隐约约看不真切，眼角的皱纹却是真真切切，疲惫透过他那件颜色磨旧的灰色夹克渗了出来，随着茶壶飘出的热气在这间小茶室里弥漫。与两年前意气风发的他判若两人，仅仅两年而已。两年间，关于他抛妻弃子，放弃工作，突然从熟悉的人们视野里消失的奇闻让镇子上的人们多了许多茶余饭后的谈资。和他差不多同时消失的还有另一个女人，那个女人同样抛弃了家庭。

"我不知道是不是每个人到了 40 多岁，都会有瓶颈感，那种茫然感觉让你很无助。"

他端起茶杯啜了一下，似乎是给我时间，让我努力想象一下那种无助的感觉。

怎么会呢，以我不到 30 年的人生阅历来看，那时的他至少得到这个镇子上三分之二的人仰慕。你想想看：一个镇的中层领导，某办负责人。下乡时，哪家群众能把他请到家里吃顿饭，肯定要把附近有头脸的人物都叫来陪他呢。

而且，他算得上一表人才吧。中等偏高的身材，虽然肤色较黑，但是比较魁梧，挺直的鼻梁，中规中矩的三七分发型。说话不紧不慢，给人沉稳的感觉。不过，那是他两年前的形象。现在展现在我眼前的他发型变成了板寸，但好像两个月前就该修剪了，肤色依然黑，但是凹凸不平没有光泽，眼睛布满血丝，牙齿被烟熏成焦黄，松懈的皮肉堆在椅子里，迟钝赶走了当年的沉稳。

见我一脸茫然，不得要领，他无奈地重重放下茶杯。

"真的，小文，我就是在那样的状态下跟她走到一起的。"

他口中的"她"当然就是那个曾经跟他一起失踪的女人，此刻，他似乎不愿提她的名字，而是用"她"代替了。他之所以跟我坐在一起，跟我讲那件事情，并不因为我是情感专家，而是因为我和他妻子算是比较要好的同事。我和我爱人曾经是他原来那个家的常客，我们无话不谈，当然是我爱人和他谈，我和他能干好客的妻子在厨房忙活儿。

"我就在镇上一直工作了 20 多年，收粮催款兴水利，计生调解修农田，每年啥时候干啥，我脑子都不用想的；东家门高西家檐低，上王村下李组，我闭着眼睛都走不错。就这样日复一日年复一年，生活中最让人精神受刺激的事就是有年龄大的同事生病去世，有出意外悲惨故去的，还有镇上那个精神有问题的年轻同事在县城街上看见一个漂亮姑娘，失了魂地跟着人家走，一直目送到看不见人家，转过身来找不见自己新买的自行车……"

"剩下我们这些人们眼里很正常的一批人，正在慢慢老去，虽然外表看不出太大变化，但身体内部的衰老和无助自己感受得真真切切。除了那些重复的工作，生活还有什么让你感到新鲜呢？"

他把目光投向窗外，但我知道窗外依然没有让他感到新奇的事物，比如这下午温暖的斜阳，还有这氤氲的淡淡茶香……

虽然，此时此刻的情景本身就充满诗意。但我隐约知道这个世界上大部分男人的兴趣点不在诗情画意上。

"于是，你就从寻找一段感情开始，试图掩盖自己衰老和无助的事实吗？"我努力让他感到我在慢慢理解他的心境。

二

"不，这不是全部。"他对我过早给他下论断有点儿不耐烦，急躁让他咳嗽起来。不过，我发现他抽烟更凶了，以前，他在妻子的唠叨下，抽烟有些节制。

他说："作为土生土长的'一头沉'（指配偶是农民）乡镇干部，当到副科级，已经算是凤毛麟角，船到码头车到站，一辈子就是这样了，工资按时交给老婆，工作就是去钻沟沟岔岔，晚上喝喝小酒，玩玩不来钱的斗地主，一年就是年底陪老婆孩子坐个班车去县城逛一圈。不知别人啥样，反正我那个时候对重复了20多年的这种生活厌烦到了绝望。"

别人？我脑补了一下，大部分乡镇干部都是他描述的这种生活状态。

"可是，老百姓都羡慕你们啊，刚参加工作的小年轻看着你们工作娴熟，生活稳定，也是羡慕啊，比如我就是。"我发自内心地说。

关于工作，我想应该就是他说的那样，我干了几年之后有点儿同感。所以，我想让他尽快把话题转到我们大家最关心的层面上来。

"平衡我们生活的两个砝码，工作、家庭，你家里有一个贤惠利落的妻子，一对儿女，看起来是多么完美！"说到他的家庭，我有点儿激动，毫无疑问，我和所有人一样，认为他丝毫不负责任地背叛了自己的家庭，是个彻头彻尾的混蛋！

他摇摇头："别人眼里的幸福不一定真幸福。"

这句话太俗套了，我想，他只不过是在为自己的行为尽力寻找借口罢了。

我无法从他的解释中找到共鸣，因为我也已经从迷恋云端的琼瑶掉落红尘，发现仅靠爱情无法生存，于是不得不每天操持柴米油盐，烟熏火燎筋疲力尽才能勉强守护一个叫作"家"的地方。

那时，他的妻子不也是这么生活的嘛。

我想起第一次，我们见她时，她爽朗的笑声。我们走进干净的小院，他向她介绍：亚芳，明军和他女朋友小文来了。那个叫亚芳的女人放下手中正簸着麦子的簸箕，抬头的刹那，黑红的脸膛绽出灿烂的笑容，乌黑的大眼睛散发热情的光芒，同样乌黑的头发在脑后挽了发髻，微胖的中等身材，穿着碎花布短袖，黑色裤子，黑布鞋，典型的贤惠女人，比一般的农妇多了些干净利落。

　　看着我们手里提着的麦乳精、奶粉等礼品，她赶紧说，"明军，你这孩子，来就来呗，咋还这么见外，一个月工资才几个钱，还干着急发不下来，破费这干啥？以后再这样，嫂子可生气了！"

　　亚芳嫂子拍了拍衣服，连忙到院子东侧水龙头下洗了把手，边拉凳子招呼我们坐，边说："明军，你可是有福的孩子，看这女朋友多可人，文文静静，秀秀气气，哪儿飞来的金凤凰就让你逮着了？"

　　我们喝着热腾腾的茶水，亚芳嫂子跟我们寒暄一小会儿，就去院墙角抱柴火，去院外菜地里收集了一篮子辣椒、大葱、土豆、青菜、黄瓜、豆角，又从檐楼下取了一段腊猪肉，开始在厨房里外忙个不停。我帮她洗菜烧火，她不无歉意："丫头，第一次来，歇着吧，不用帮忙，这偏远小镇，不习惯吧？"

　　"嫂子，我也是农村长大的呢。"

　　之后，我和明军就是他家常客，有时候是他说，"你嫂子炖了腊肉，让你俩晚上去吃。"或者是，"你嫂子晚上包荠菜饺子，让你俩过去吃。"有时候他家里要收割播种，我们也过去帮帮忙。一来二往，他那上初中乖巧懂事的孩子和我们也相熟了。

　　除了偶尔在地里干活儿，剩余在家的时间，他都是坐在院子里抽烟、喝茶。饭端上桌了，他跟我们一起上桌，吃完饭，他又跟我们一起重新回到院里喝茶抽烟。

　　我没有听到过他俩吵架。

　　亚芳嫂子端着一盆洗好的衣服经过时，会撂下一句："老张，你少抽点儿烟。"或是给饭桌上续菜时，又叮咛一句："老张，你少喝点儿酒啊。"

　　他则从来不接话，烟该抽抽，酒该喝喝。

三

记不起是个什么样的日子了，镇上要召开领导班子会，安排下半年收款事宜，却找不着老张，给他家里打电话，亚芳嫂子说老张最近这周没回去啊。又过了两天，还是没见人，大家和他家人都开始着急了。接着又传来辛迪也不见了的消息，辛迪是镇文化站的女干部。

我跟辛迪不是很熟。只是觉得她比镇上其他女干部都讲究些，其他女干部穿着都是走群众路线，辛迪几乎一年四季都穿裙子，蹬高跟鞋，下乡时，其他女干部骑自行车，她因为穿裙子骑车不方便经常要男同志带。头发高高挽起，涂着脂粉，抹着口红。听镇上几个大姐有时谈起她，说不想跟辛迪一起打牌，她身上的香水味冲鼻子，说她丈夫老老实实，她的漂亮衣服高跟鞋都是那个山西矿老板给她买的。我住在镇上的平房里，平房靠近院子最里边，是套间房，很安静，所以大家晚上闲的时候会到我房子里玩会儿斗地主，输了的在脸上贴纸条，或者顶枕头。有一次老张在，辛迪也来了，她来的时候有四个人摸牌，五个人围观。我清楚地记得辛迪穿着低胸黑裙子，站在老张旁边，偶尔俯下身子体贴地帮老张理手上的牌，至少在当时我没有觉得有多少异常，我也不知其他人有没有感觉异常。

想到这里，我直视着他，问："跟她走到一起是因为爱吗？撇开亚芳嫂子是不爱吗？"

他避开我的目光，梦呓般继续他自己的讲述："爱是虚无缥缈的。不知是什么力量让人产生各种幻觉，而且有时候似乎无法控制，所以才有了各种各样的痛苦。"

"我后来反思，正因为我那时候的家庭太稳定了，稳定得没有一丝波澜，才会让我深感疲惫。"

我表示不理解。

"你嫂子就是太能干，家里家外的事情她全干了，我只要按时来上班，发工资了按时拿回去。我回去就是睡觉，吃现成的饭，甚至洗脚水都不用倒。她关于家长里短，母鸡下蛋猪生崽的唠叨我也早已习惯，她说话我几乎没听进去，也不用去想她说了什么，想表达什么。她倒头就能睡着，鼾声酣畅淋漓，我觉得我和她就是两个世界的人……"

我看着他，想看清楚他身上哪儿犯了贱。

记得他和辛迪都失踪之后，我去看过亚芳嫂子。亚芳嫂子没有挤出来笑容，想给我倒水，却把头扭到一边。我先说："嫂子，孩子都还在学校吧？"亚芳嫂子终于没能忍住，硬把号啕压抑成抽噎，我拉着她的手，强压痛苦和悲愤让她浑身紧张，她把我的胳膊都掐疼了。是的，老张竟然就那样突然撇下家人走了，连任何反击发泄的机会都没给她。不像周围的其他人，还能逮住某个破坏了自己家庭的那个人臭骂暴打，让她名声扫地，脸没地搁。而老张没有给亚芳嫂子这样的机会。

似乎一夜之间，亚芳嫂子头发白了一半。那时，我相信了"一夜白头"的说法。

四

说实话，只要一想起两年前的情景，我就不想再听他絮叨，我甚至没有想着问他现在过得怎么样。

我看看暮色将近的窗外，再抬手腕看看表。他觉察到了我的举动和神色，他比原来敏感了。他说："你急着有事吧？"

"过了6点，保姆就要把孩子送过来。"我说。为了不耽误白天的下乡，我用掉每月一半的工资请了保姆，白天把孩子放保姆家。明军包的村太偏远，最近忙计划生育和防汛工作，经常晚上都回不来。

他说："要不你先回，改天我们再约，也好久没见明军了。"

第二天晚上，我跟明军说起这事儿，明军嫌我不问清他现在的状况，还有未来的打算。我不屑地说："对那种随时可以抛弃家庭不管不顾的人，还有那份闲心关心他那么多？"

明军说："你想想亚芳嫂子这两年咋过的？他既然回来，还非要见咱们，说不定他有所转变，醒悟了。"

"咦咦咦，别人拿去擦过鞋的抹布，你还要吗？"我满腔愤恨。

"你不懂，在一起多年的亲情，不是说断就断的。咱就再见老张一下吧，就算是为了亚芳嫂子。"

第二次再见时，因为有了明军，气氛就活跃多了。男人好像并没把那些事儿太往心里去。

明军直截了当："老张，你不知道这两年亚芳嫂子过的啥日子！"

老张沉默。

"你这两年咋样？"明军接着说。

老张摇摇头："不堪回首。"

明军愕然。其实，从老张现在的状态一眼就能看出他这两年的日子咋样。

他们初在一起，离开原来"庸俗"的一切，奔向自己美好的未来时，心情既激动又忐忑。先去了省城，用自己带的一点儿钱盘下了一家转让的小餐馆。我们用脚指头都能想象得出来，他俩开餐馆，呵呵。老张原来可是衣来伸手，饭来张口，辛迪在家是横草不捏，竖草不沾的主。

当然，爱情的力量支撑着他俩，还是硬着头皮开了三个月零五天，不得不关张转让。那可是省城，没有钱三天都过不下去，他俩用转让的一点儿钱又支起一个早餐摊，老张发挥他乡镇干部的智慧，说通物业，在一个小区门口卖早餐，这个行当成本小，挣钱快。一个月挣乡镇半年的工资没问题。可是挣的不够辛迪花，她到了大城市，每天看着小区出出进进的光鲜亮丽的女人，心里就有了落差，她中午收完摊，就要去逛街，各种的买。

起初，老张想着，辛迪心甘情愿抛下一切，跟着他出来，吃了这么多苦，就让她买吧。可她收拾得越来越漂亮，干活儿却越来越少，晚上要到小区棋牌室去打个小牌，经常还要跟牌友一起吃个烧烤。再后来，她不想出摊，说站不了那么长时间。

热情被烟熏火燎消耗殆尽，争吵越来越多。她使各种小性子，每次都是我把她哄好。一天，她说："老张，咱请个人跟你出摊吧，一天给人家付100块，我在家收拾家务。"于是，她在租来的小房子里每天睡到半晌午，中午吃过饭，各种化妆打扮，傍晚就去牌场。老张则起早贪黑忙活儿，晚上家里连个说话的人都没有。

生活对老张张开了要把他生吞活剥的大口，他不得不拼命挣扎以免被吞噬。直到他撑不住的那一天，住进了医院。这一住，就把小半年的积蓄住没了。他的意志慢慢被瓦解，他得想法逃离，以免被淹死。

再一次争吵后，他把剩下的钱和一封信留下，傍晚，他只带了自己的换洗衣服，走向车站，回到他当初出发的这个地方。

五

明军若有所思地看着老张，再次打破沉默。

"老张，不对啊，这不像你的性格。"

"什么意思？"

"你的故事不止这么多！如果只有你说的那么多，你不会这么轻易就回来。"明军肯定地说。

"明军啊，你是哥肚子里的蛔虫吗？"

果然，老张之前掐掉了一段情节。

当挣的钱不够辛迪花时，辛迪说她也找了份工作，在酒店当服务员。

辛迪每天早出晚归，后来有时晚上也不归，说是倒班。

辛迪跟他说："老张，你重新找个营生吧，卖早餐太辛苦不说，油腻腻的，每天闻着你身上都是油烟味。"

可老张都奔五的人了，重体力活儿干不了，轻省活儿轮不着他。他说："坚持坚持，攒下钱了，看能做个啥生意。"

辛迪倒夜班的时候越来越多，戴的首饰、拎的包包越来越贵重，跟老张的话越来越少。

接下来的桥段似乎不新鲜。

一天凌晨，辛迪醉醺醺地回家倒头就睡。手机信息提示时，老张在她手机里看到了不该看到的信息。对此，老张保持沉默。面对生活的无奈，沉默是老张的常态。

一天傍晚，老张在辛迪上班的酒店门口，看到辛迪上了一辆汽车，至于是什么牌子的车，老张不认识，因为车的标识是英文。

两天后，老张叫辛迪一起去附近的公园转转，辛迪说："公园有啥好转的？都是老头老太太。"

老张说："老头老太太怎么了？你要去哪儿待着？豪华汽车里，酒店套房里？那儿是你待的地吗？你撒泡尿照照自己，待得久吗？"

辛迪蒙了，这可是老张第一次发这么大火，而且她隐约感到老张知道什么了。

但示弱从不是辛迪的本色，她说："老张，你别盯我的梢，我穿的衣服，戴的首饰，拿的包包，都没有问你要钱吧？我自己养活自己，有什么不可以？俩人在一起就是搭个伴儿，有必要干涉那么多吗？"

这话就像响亮的耳光，抽醒了老张。

他怎么就没想过，辛迪的人生观是这样的！只要有钱花，只要自己开心，感情只是满足自己虚荣的附属品，她不能空着肚子谈感情，也不会吊在一棵树上谈感情。

没了目标，没了感情归宿，老张就像一个扎破了的皮球，快速瘪了下去。

六

好了，关于他俩在外面的那些过节我们也听明白了，那接下来故事怎么收尾呢？

"老张啊，回来见亚芳嫂子和孩子了吗？"

老张深深地低下头，说："没有呢，我就这么直接回去，她不会见的，她的脾气我是知道的。"

他说："我去见了俺老娘，老娘越发见老，但精神还好，都是因为亚芳和两个孩子。老娘见了我，又是哭，又是骂，骂我不知好歹，不争气。硬是被狐狸精迷了眼，人叫不走，鬼叫飞跑……"

我心里暗想，岂止老太太，所有人心里都是这么认为的。

此时，我已经猜到他回来见我们的真正心思。我看看明军，明军却不言语。

老张只好再次开口："明军啊，亚芳对你和小文很信任，我想拜托你俩帮着说和说和。"

明军："说啥呀？"

老张："明军，你也别生我的气。我出去浪荡一圈，真正认识到老话说的，金窝银窝不如自己的狗窝。大城市再好没有钱哪儿都不好。女人再漂亮，也经不住天天看，不对路那就不是你的菜。我累了疲惫了，才知道你嫂子的好，以前都是她把我惯的来着。"

明军："你说的这才是实话。"

亚芳嫂子听到"老张回来了"这句话时，她正准备给我们倒水的手颤了一下，说："他还没死啊！"

"嫂子，老张悔改了。"

"悔不悔改跟我有啥关系！"

"让他回来，你们还是好好的一家人。"

"回来？当我这儿是韭菜园子啊？"

"嫂子，不管咋说，一日夫妻百日恩，你先见见他，再说让不让他回来。"

"门儿都没有，我这一辈子都不会再见他！"

离开亚芳嫂子时，我们不知接下来如何是好。我们跨出门槛时，亚芳嫂子背朝我们，说："告诉他，他死了我给他收尸！"

我只能曲线救国，一天下午，叫了亚芳嫂子家放学回家的女儿，孩子下半年就要上高中。

我试图做通孩子的工作，让她劝劝妈妈，让爸爸回来，孩子说："我听我妈的。"

老张回家的愿望看来一时半会儿没法实现，生活还得继续，他在镇子老街租了房子先住下。跟前两年不同的是，亚芳嫂子经常叫我们去吃饭，她精神似乎比前两年都要好一些。明军偶尔会去看看老张，老张说要找个什么营生干着。

意外总是出其不意地降临，老张生病了，是中风，我们把他送到医院，他情绪低落极了，眼睛失神地望着天花板。明军让我把这个情况传达给亚芳嫂子。我到亚芳嫂子那儿，打起哈欠。

亚芳嫂子问："你咋那么困？昨晚偷牛啦？"

"没偷牛，在医院耗了一晚上。"

"谁病了？"

"嫂子，张哥病了。"

亚芳嫂子停住脚步，张大嘴巴。

她二话没说，让我带她去医院。

我一路上都没有想象出来，他俩见面会是怎样的场景。

看到亚芳嫂子进门的一瞬间，老张失神的眼睛竟然那么快地滚出来两行泪。

亚芳嫂子没流泪，却说："你个死老张，咋恁没出息，跑到这儿来躺着！"

她熟悉得像在自己家，拿起毛巾，给老张擦脸。拎起水壶倒了半杯水，轻轻摇晃，吹走热气，右手半扶起老张，左手给老张喂水喝。然后又看看吊瓶，再把脚边的被子掖好，又把老张床头的衣服叠整齐，她做这一切就像在自己家一样自然，流畅得像交响乐，又像河水流淌，看上去温暖舒服，这难道不像妈妈照顾孩子那般温暖吗？临黑我们走时，老张进院以来第一次安静地睡着了。

没有等到给老张收尸，老张一出院，亚芳嫂子就把他接回了家。她说，老张身体太虚，要好好调养调养。我和明军笑了。

人们的好奇心当然不会忘记，还有辛迪。说是她老公又再娶了，新娶的老婆没工作，但朴实能干，除了料理家，还在镇子上开了缝纫铺。

那么辛迪怎么样了呢？人们无从得知她的消息。只是后来，有人从淅川一个寺庙上香回来，说是见到一个尼姑特别像辛迪，问了对方是不是辛迪，对方只是合掌，道了声"阿弥陀佛"就匆匆离去了。

进　城

　　正如打小就梦想的那样，小张进城了，走在之前在老家电视上才能看到的宽阔街道上，他那一双淳朴木讷的大眼睛都不够使，他以为自己会喜欢上这座城市，怎么能不会呢，城市多好啊，房子漂亮，车子漂亮，人也精神。

　　你看吧，街上那么多车，老家路上只有过年时才能见到两三辆，过完年就消失了。你看城里没有白天黑夜之分，晚上到处都是亮晃晃的，小吃摊在路边密密匝匝地挨着，香味直往鼻子里钻，只是兜里得有钱才行呢。哎呀，城里漂亮姑娘咋恁多，一个个小腰像柳枝，长长的头发看上去溜光像绸缎，脸蛋白得像梨花……小张从蛇皮袋子里挑出一套他自认为最好的皱皱巴巴的衣服，重新过水后平平地晾在楼顶的竹竿上。小张善于观察模仿，他走路尽量挺直腰背，迈步子的时候把脚放低一些，就像电视上看到的那些城里人一样。

　　小张每天在建筑工地上干完活儿，回到他租住的七里村，手里提着一袋青菜萝卜，在让他眼花缭乱的热闹的人群中穿行，穿过一个个香喷喷的小吃摊，到了自己的小院。看到其他的租户，小张想热情地跟人家打个招呼，像在老家那样："大哥出去啊？"一楼那个穿中山装的男人，只是从鼻子里哼一声。遇到二楼那个大红嘴唇黄头发姑娘，小张咧开嘴，结果只看到人家撂过来的后背，随着"咯噔咯噔"的高跟鞋远去的声音，小张硬是把要出口的"吃了吗"咽了回去。

小张回到顶楼自己那半间小房子里，一边切菜一边琢磨："城里人不兴随便打招呼、讲话？这是城里，不是老家，人家吃没吃不关你的事。"小张端着自己做的青菜烩面，走到敞着的木门外，想找个人堆蹲着一起吃饭，看楼下大家都关着自己家的铁门，小张看看天，天上灰蒙蒙，对面高楼上的彩色灯光把他碗里的面照成蓝色、黄色，不停变幻。另一边楼上有一个大大的电视屏，里面跳动着长发美女、闪光的汽车、长满花草的漂亮房子、帅气的小伙子、笑容可掬的老人……小张就边吃饭边看那个大电视屏，虽然听不见声音，画面一直重复，但小张还是很喜欢看。

晚上，小张坐在窄窄的木床上，在 40 瓦的灯泡下数着这个月的工钱，把这些钱分成三份，一份是买菜买面的，一份是存着寄回去给老爹买药的，一份自己攒着，他还没娶媳妇呢，老家娶个媳妇至少要 50000 块。他把分好的钱用装面条的塑料袋包好，买菜的那份压在枕头下面，另外两份暂且先塞在装衣服的蛇皮袋子里。他拉灯绳关灯睡觉，脑子里想着那些钱，突然又坐起来，还有下个月的房租和水电费呢，他跳下床，拿出留给自己攒着的那份，数了数，又分出一份装起来，还剩两张，还不知道水电费是多少呢。小张重新躺下，翻来覆去，觉得窗户老是有风钻进来，街上老有汽车轮子摩擦地面的声音。

中午饭就在工地解决，小张吃着白蒸馍就擀面皮。"小张，你个大小伙子，一上午搬的砖还没有老孙搬的多，咋恁不中用！"工头边说边把一个肉夹馍扔到小张怀里。一个月没沾荤腥的小张觉得那个肉夹馍简直就是有生以来吃过的最好吃的美味。下工的路上，小张闷闷不乐，老孙问："咋了，像霜打的茄子？"

"我上个月按时把水电费和房租交给房东，顺便说窗玻璃烂了，现在天气越来越冷，看能不能换一下，房东说换可以，费用要我出，我说为啥？我来时就这样，房东说收的房租本来就便宜，不含换玻璃的钱。你说城里人咋这样呢？"小张哭丧着脸。

老孙说："啥城里人？你才见过几个城里人？城里有大方人，咱遇不着嘛！你遇到的就是苍蝇眼里掏脂油的小气人。这事儿也往心里去，不值当。你回去量一下尺寸，明天下工去市场裁两块玻璃，问工头要几颗钉子，回去自己钉一下得了。"

话虽这么说，可他不得不从自己买菜买面的那份钱里取出10块钱去买玻璃。

后来的事儿更让小张觉得在城里生活简直就是小孩子上楼梯——步步都是坎。那天，下工回来想好好歇歇快散架了的身子骨的小张发现自己房间的木门竟然是开着的，袋子里的衣服散了一地，幸好他昨儿个才把给爹买药的钱给爹寄回去了，他急急慌慌去掀开自己的枕头，傻眼了，枕头下的钱没了。

钱丢了，锁坏了还要换。小张找到房东，房东吃着饺子，头都没抬："我这房子以前从没进过贼，你来了贼就来了，贼又不是我请去的，我凭啥给你换锁。"

小张牙齿咬得咯咯响，想起临走时娘的交代："出门在外，脾气要好，不像在家里。每个人都不容易，对人要宽厚……"他握了握拳头，转身回去，从老孙那儿借钱买了锁回来自己安上。

"我看你那个房东就是拆别人房盖自己屋的主儿，今年过年走的时候一收拾得了，明年你嫂子不来了，咱俩搭伙儿住。"

小张也这么想。腊月二十三，他收拾好东西，去给房东交钥匙。房东说："哪能走那么利索，我不去查房啦？"房东把小房子里外巡查，房子里除了窗户，就是房间里一张破木板床，和一张放煤气灶的破桌子。房东眯着眼睛扫视两圈，最后把目光定格在门锁上，那门原来是碰锁，小张后来给换的是挂锁。于是门上就多出来原来装碰锁的一个圆洞。房东头顶上的一缕头发耷拉下来，两腮的肥肉也掉了下来，"我让你来住的时候，是这样的锁？"

"我来的时候，你那碰锁就活落落，我钱都被偷了，你还让我自个儿换玻璃、换锁。"小张想起自己丢的钱，心口就憋得慌。

"你钱丢了，跟我有啥关系。就你那几个破钱，还有人稀罕偷。"

"哎，你能不能讲点儿理？"小张涨红了脸。

"哟，你这乡下穷鬼还配跟我讲理？"

小张血往头顶涌，一把揪住了房东油腻的衣服领子："你说谁是乡下穷鬼，我穷我欠你一分一厘了？"

房东边往后退边说："说话就说话，你咋说着说着就动手？"

"我今天就要动手，你欺人太甚！"小张左手揪着房东衣领，扬起右手。

"哎哟，还了得了，说你几句就动起手了。老张啊，你跟他们一般见识干吗呀！"房东太太一边嚷着一边来拉小张。

其他几个租户伸出头看了看，又各忙各的去了。

房东涨红了脸，瞪圆了眼。

房东太太说："小伙子啊，有话好好说，一把锁嘛，你要说你没有钱，我们也不会非要你赔嘛。"

娘的话又在耳边回响，小张松开了手。

"就是，就是嘛。早说没钱不就得了，真是的！"房东把那缕头发往上拢了拢。

小张拎起自己的蛇皮袋子，头也不回地走出了那个他永远也不会回来的院子。

身后，房东在嘟囔："乡下穷鬼，真没素质。"

宽阔的马路上，依旧车流不息，人来人往。小张没了心情看，他只想早早去火车站，早早回老家那个穷但是温暖的小村子。房东奋拉下来的那缕头发在他眼前晃动，"真是欠揍！"小张心里想着，似乎明白了一个事理：对这些不讲理的城里人，只能靠拳头，不然会被他欺负死。

回到家的那天晚上，小张吃着娘做的热乎乎的饭，感觉比城里小摊上的好吃多了。爹的身子骨也硬朗些了。娘见人就招呼："我家张宝儿回来了，得空儿来坐啊。"

娘说："宝啊，在外吃不好吧，咋看你都瘦了一圈。""好着呢，娘，没看我个儿长高，抽条了。"

爹盘算着："宝儿，外面钱那么好挣？你这大半年就往家里打了一万多块。照这么下去，干上个三五年，房子也翻新了，媳妇也回来了。"

娘边收拾碗筷边说："口外你姑父给打听了一家，姑娘比你月份小，家里爹不在了，说是只想找一个踏实本分过日子的……"

"娘，我还小，不着急。你们先照顾好自个儿，少操心这操心那的。"

元宵节过后，小张跟着老孙和几个工友一起又去了那个繁华的都市。今年，他们没有租住城中村，而是租住在城郊的一处村子里。这儿租住的大多数都是农民工，虽然灰头土脸，小张感觉这些人跟老家人一样，好打交道啊。进进出出都还点个头，应个声儿。吃饭时还能蹲一起，说说笑话，有时候他们还拿年龄最小的小张开开涮，嘱咐他多吃肉，长壮点儿，才好找媳妇。

路边整整齐齐的樱树、梨树，红花、白花开得一簇一簇，春天像是就要来了，一场雨下下来，花儿落了满地，落在车上的，随着车的飞奔扬起又落下，终于同街上的泥水混为一体。这样的天气，工地就停工了，小张感觉屋子里又潮又闷，于是他去街道上转了转。

走到十字路口，看到这样一个场面：一个五六十岁模样的农民，穿着雨衣，哭丧着脸，偎靠在一辆三轮车边，车子上站着湿漉漉的几只羊，三轮车后边停着一辆白色轿车（小张后来听人说那是宝马），轿车边站着一位衣装整洁、嘴唇鲜红的女子，把手机贴在耳边，高声地、怒气冲冲地说着什么。来来往往的人们，脚步匆匆。小张看看那辆轿车，也没有被撞到的样子啊。小张到对面的超市门口转了转，买了几个红薯，转回来时，看那个场面还在路口摆着呢，小张就去问那个农民伯伯咋回事，农民伯伯朝那个女的努努嘴，说的陕北话小张听不大懂。小张就去跟那个女的说："你能让一个农民给你赔多少钱？你车又不是被撞得走不了了。"那女的说："你算老几？少皮干。我按喇叭，他还要拐，把我这车蹭了一道印子，今天不给我赔他就甭走！"雨越下越大，那女子钻到车里，把车子"嗖"一下开到三轮车前边停下，就这么停在路中间。农民伯伯一直就那个姿势靠在三轮车上，哭丧着脸。又来了一辆车停在宝马后边，下来一个男的，上去就抓住农民伯伯的衣服领子；农民伯伯似乎麻木了，好像那人揪的是一根木头。小张上去抓住那个男人的衣服，质问道："带这样欺负人的吗？欺负一个农民算本事吗？"那男人没提防半路杀出来个程咬金，问："你是谁，我找他碍你什么事？""你欺负人就碍我眼了！"周围围了一圈人，有个头发花白戴眼镜的老年人领着孙子过来说："年轻人，得饶人处且饶人，你们车子没保险吗？指望一个蹬三轮拉羊的农民给你赔点儿钱你就能发了？"那女子"噌"一下从车里出来，嚷嚷道："哎哟，他蹬三轮怎么了，蹬三轮就可以随便蹭人了？""你开宝马车就不会稍慢一些，让一让，人不就都过了？三轮车又没有转向灯、后视镜。""没有转向灯、后视镜就甭到街上乱窜！还丢人现眼耍无赖！"小张的血又涌上来了，大声说："你嘴放干净些，这街道是你家的？没有这些丢人现眼的人修路，你的车怎么开！"有人劝那个女的："你赶快走吧，多大点儿事，能纠缠个金疙瘩出来？"最终，开轿车的那一男一女悻悻地走了，农民伯伯哭丧着脸蹬着三轮车远去了，一场热闹散去。

这城里好像就没有春天，3月才过，天就开始热了。出嫁的姐姐写信过来，说爹上山采药时，摔了一跤，腿骨折了，在医院住了一阵儿，现在家养着，就是每天要吃中药。小张赶忙从工头那儿支了俩月工资打回去给爹买药。

"这城里啥都贵，洋芋白菜都跟金疙瘩似的。"

"我5块钱就买了俩西红柿，要搁我们那儿，5块钱我给他一盆。"

"买菜别在道子口买，要到寨子那个早市上买，道子口的那些摊贩卖得又贵，秤还不准。"

"就是，我有次买了5斤白菜，拿到寨子那儿一个大娘的秤上校了一下，只有4斤2两。"

吃晚饭时，听着租户们的抱怨。小张又想起了七里村的那个房东，那个小院里的人们。

第一个工地的活儿就快干完了，看着那一层层升起来的高大雄伟的楼房，别看现在还只是灰突突的主体，要不了多久，贴上瓷砖，装上灯，就是一栋漂亮的大楼，就像电视上的一样。想着那漂亮的楼房竟然是自己这个乡下人参与盖起来的，小张很自豪。他哼起了歌儿："我家住在黄土高坡，大风从坡上刮过，不管是西北风，还是东南风……"

这个夏天的傍晚，饥肠辘辘的小张走在烫脚的马路上，汽车从身边呼啸而过，扬起一阵热气腾腾的灰尘，黏在他汗湿头发上、脸上和破了几个洞的汗衫上。"不吃肉也要吃豆腐鸡蛋，光吃青菜面食可不行，时间长了身体扛不住。"往工地卖饭的那个胖大嫂经常说。小张就想着晚上买点儿鸡蛋吧，给老孙也吃点儿鸡蛋补补，老孙要供俩孩子上学，也是左一顿白菜，右一顿萝卜。

小张没时间去早市，就从道子口顺便买菜了。

"鸡蛋多钱？"

"12块。"

"能便宜点儿吗，10块还不行？"

"10块？人家那鸡好像不吃料了，喝风就能下蛋？"

"来1斤。"

小张付了钱，看看袋子里只有 6 个鸡蛋。

"1 斤鸡蛋最少也有 8 个吧？你这才 6 个。"

"秤准还是你眼睛准？"

"你那秤真的准？你再称我看一下。"

摊主又把鸡蛋放在电子秤上，让小张看。

小张没吭声，拎着鸡蛋转身往回走。

"就这些乡下人事多！"摊主嘟囔。

听见这话的小张攥了攥拳头，加快了脚步。

一会儿，小张又来到了那个摊贩跟前，左手提着装有 6 个鸡蛋的袋子，右手拿着一杆秤，那秤是楼下老王的。

小张用杆秤称鸡蛋让摊主看，秤锤的绳定格在 8 两的准星上。

摊主说："你快走远些，你把鸡蛋拿回去又拿出来，谁知道你那是哪儿的鸡蛋，又不是天下鸡蛋都长一样大。"

小张涨红了脸："你让谁走远些？我从来没有讹过人，你的鸡蛋、你的袋子我动都没动！"

"你有啥证据说你没动？"摊主给另一个顾客切南瓜，头都没抬。

"我说没动就是没动，你给我再加鸡蛋。"小张咬着牙关。

"没门，我凭啥给你加鸡蛋？"摊贩想着要攒钱给儿子买电脑呢。

"不加就退钱。"小张想着家里吃药的爹。

"嘿，你说的比唱的还好听，我给你退钱？你算老几，想买就买，想退就退？"摊主准备收摊。

怒气上冲的小张飞起一脚踢了摊子，南瓜滚到路中间，鸡蛋哗啦啦碎了一地。

摊主拿起了切南瓜的刀，转眼间，满脸鲜血的小张夺过了那把刀，把摊主摁在地上……

第二天，这个都市卖得最火的《西商报》上登了一条新闻，标题是《永安区发生惨案——一小伙捅死菜贩》，下面配着警察抓获凶手张小宝的照片。

城市中心公园里，一个戴着老花镜的老爷子仔细看着那张照片，叹息道："现在这些人，真是，多大点儿的事嘛。"

存　折

　　窗外的雪纷纷扬扬，明天就是年三十了，对还在医院病床上躺着的人来说，今年这个年怕是没法好好团圆了。

　　她和女儿在产房外的走廊里徘徊，儿媳妇刚进产房，她俩没有心情看外面的雪。

　　"哎，顺枝，你跑啥？"突然听到儿子在产房门口喊，她扭头一看，挺着肚子的儿媳妇顺枝已经到了楼梯口。

　　不明所以的她赶紧跟了上去。儿子旺虎一个箭步拉住了顺枝的胳膊，顺枝满脸通红："俺不在这儿生了，回去生！"

　　"咋回事？"她问儿子。

　　"多大个事儿嘛，钱，我来想办法就是了。"儿子喃喃着。

　　"啥子钱吗？"她追问。

　　儿子说："怪我多嘴，刚才随口嘟囔了一下，说生个孩儿怎么要四五千块钱。她一听，起身就往出跑。马上要生了还这么大的劲儿！"

　　明白过来的她抬手就扇了儿子一耳光："你个不懂事的东西，啥时候了，还提钱！"

她回过头劝儿媳："枝啊，这会儿不管多少钱，都不是你操心的事，你只管安生待着，把孩儿顺顺当当生下来，比多少钱都管用！"

"你们都说得轻巧，他前阵子交过房租，手里统共就剩2800块钱，还差3000多呢，这会儿去哪儿找钱去？"顺枝说。

医生和护士来到旁边："哎，你咋这任性？宫口都开了两指了，这会儿敢跑？出了事儿我们可担不起！"

"出了事儿不要你们管！"两行眼泪从顺枝脸上滚下。又一阵宫缩开始了，她疼得弯下了腰。

"枝，你快进去躺着，钱，妈来想办法，啊！"她将着顺枝散乱的头发说。

"妈！这年根儿的，又没有人出来擦皮鞋，就是有也得多少双才能够3000？你想啥办法吗？"顺枝说。

空气似乎凝固了，大家都呆立着。

她让儿子把顺枝搡进去。让妮子跟她去银行。妮子看看窗外昏黄的路灯，一脸惊愕，说："银行？银行这会儿早关门了。"

穿白大褂的大夫给写了张条子，让旺虎拿去给缴费处，先把药和产包取回来，其余的钱明天再交。

第二天，她拉着妮子一大早去银行，一直等到中午，都没等到银行开门。问了路边的清洁工，才知道银行今天没人值班。傻了眼的她把存折掏出来，用围巾挡着雪花，看着上面3后边一串"0"，泪眼模糊。

看着这串数字，仿佛看到丈夫在煤窑里干活儿的样子。13年前，邻居们都开始蒸白馍、盘饺子馅准备过大年，她和三个孩子盼星星盼月亮一样，盼着在韩城煤矿干活儿的丈夫归来。还有一礼拜就年三十，只等他一回来，孩子们就可以跟着去镇上买新衣服，买春联，置办年货了。最后，她等来的是丈夫死于煤矿坍塌的消息。

那个年，她是守着丈夫那已经不成形的尸体一起过的。拿着11000元的赔偿金，等安葬完只剩下了3000元。她存了下来，打算永远不动这笔钱……

傍晚，她出现在医院妇产科，把用手帕包着的一沓钞票双手递给旺虎，然后抱起她的孙子。

然而，这些钱不是她存折里的。

一周后，她去银行取出了自己存折上的钱，去到房东家和大哥家还钱，对除夕那天在人家家里涕泪长流表示歉意。

那张空存折她一直没有丢，她打算过完年到东莞去做工，她要再挣钱存进去。

多年后，每当除夕她们家人围着一桌子并不丰盛的饭菜享受团圆之乐时，妮子总会诉苦："我嫂子生我侄子的那个除夕，我和妈在街上吃的凉皮，当时，那个凉啊……"

七　夕

一

　　月光洒在葡萄架上，几串葡萄泛着冷霜一样的光，促织"吱吱"的叫声在凉凉的夜色里颤抖。秀叶坐在木凳上，看着天上的月亮被云彩遮住光芒。爹的呻吟声从有破洞的窗户里传出来，哥好像也睡了，鼾声里夹杂着呓语，牛在圈里倒嚼，鸡在笼里偶尔翻腾两下。

　　月亮露出一半脸，秀叶脸上的泪痕已经干了，她中午和晚上都没吃饭，这会儿也不觉得饿，只是心里空得厉害。

　　这天早上，秀叶和往常一样，洗完锅碗瓢盆，看一眼厨房墙上贴的那张年历画儿，画儿上的胖娃娃脸都被半年的烟火熏黑了，今儿个七月七了？好像六月六晒完霉没几天，就又一个月了！爹已经扛着锄头上地去了，哥也赶着牛羊上山。秀叶给猪喂食，就在这时，她右眼皮跳了三下，她心里沉了一下。当她挎着一篮衣服下河时，右眼皮又跳了两下，秀叶停住脚步，向四周望了望，山上的桦栎树在秋风中阴阴地立着，偶尔落下几片树叶，爹在对面山上地里的身影还能看到，哥在一群牛羊中间，牛羊在羊肠小路上慢慢向两边散开。娘坟上的花圈被风吹雨淋得只剩竹架。

"左眼跳财，右眼跳灾。"

小时候，当秀叶说右眼跳时，娘就切一片薄薄的土豆片贴在她眼皮上。

秀叶看看周围跟以往没有什么不同，她就继续朝河边走去，一大篮衣服，估计洗完就快晌午了。

山里的秋天凉得早，河水已经有些凉了。秀叶赶在上地的人们收工前洗完衣服，在院子里草绳上一件件晾起来，秀叶抬头看看天，没见着太阳的影子。

突然，背后响起一阵踢踢踏踏的脚步声，这声音可真陌生，平时家里很少来外人，爹和哥的脚步声都是慢而重的，但是有节奏，娘的脚步声轻巧，但已经很久不曾响起。

秀叶转过头的刹那，愣住了。

金明来了。金明已经有几个月没有来了。

看到金明，秀叶的脸有点儿烫。可是他身后还跟着三个小伙子，秀叶都不认识。

"你咋来了？"秀叶问。

"我咋不能来，你爹呢？"金明眼睛不看秀叶。

秀叶越发觉得奇怪，金明这唱的是哪出？

以前，金明来都是一个人，每次来都提着一盒点心，或是两瓶苞谷酒，放下东西，就帮秀叶干活儿，秀叶洗碗他提水，秀叶喂猪他拎桶，吃过饭，爹上地时他也扛着锄头跟后边。

"坐吧，我去烧茶。"秀叶说。

"不用烧茶了，等你爹回来我有事。"金明眼睛看着猪圈，那三个小伙子紧绷着脸，不吭声。

秀叶有点儿生气，把篮子往地上一撅，还有两件衣服也不晾了，扭回头抱了一捆柴进厨房去了。

二

两年前，秀叶跟着娘去学校报到，报完名已是晌午，娘和秀叶坐在学校水渠边吃自己带的包子和煮鸡蛋，金明一个人挑着行李，一头儿是粮饭袋，一头是被褥，经过水渠时，瘦弱的他脚底绊了一下，打了个趔趄，娘一把扶住他，看着金明窘迫的样子，秀叶忍不住偷偷笑。娘说："娃，歇一会儿，咋一个人来报名呢？"金明红了脸，把行李放在地上，说："我娘有病，我叔说他要犁地，让我自个儿来。"娘从兜里掏出一个鸡蛋给金明，说："来，吃点儿东西，看你瘦的。"金明把鸡蛋在自己的扁担上轻轻磕破，剥着蛋壳儿。

"娃，你是柳树沟的吧？"娘又问，这方圆几十里就那么几条沟沟岔岔，每条沟里上上下下也就十几户人家。

金明点点头："我是柳树沟的，我叔叫金大年。"

"我就说嘛，看你眉眼就像王金荣。"娘笑着说。

回家的路上，太阳刚刚偏西，在山顶歇脚时，放眼望去，满山的桦栎树接着山洼里一档一档的玉米地，到处都是绿色，山间小路边野菊花即将开放，偶尔有一只灰色的野兔支棱起耳朵，眼睛骨碌骨碌地环顾四周，然后哧溜一下钻到草丛里没了踪影。

开学了。

金明坐在秀叶的前面。金明不大说话，上课老老实实地坐着，下课也不出去打闹。但是秀叶听课的思绪还是经常被扰乱，因为她看到有虱子从金明的头发里钻出来，从耳朵后爬到衣领上，秀叶心里特别着急，忍不住拿笔戳了戳金明，金明头也不回，不耐烦地晃晃肩膀，他以为秀叶故意捣乱。下课时，秀叶张了几次嘴，还是把话咽回肚子里，金明腼腆，要是说出来他肯定会很不好意思。

星期六下午，秀叶和同学们背着吃空了的菜桶和干粮袋子，涌出学校，分散到不同方向的各个山沟汉里。

山路上有时走好远都遇不到一个人，秀叶就边走边大声歌唱。不久，金明就从后边赶来了，哦，原来他和秀叶也能同一段路。每次都是秀叶先跟他打招呼。星期天下午从家到学校的路上，也能遇到金明，那时大家都或背或挑着干粮和腌菜。金明就经常会让秀叶把东西给他，他一起挑着。

那条山路，从满山红叶到白雪纷飞，再从春暖花开到夏日炎炎，不知不觉就走完了一年的日子。上了初二的金明个子长高了一截，排座位时就排到了秀叶后面两排，秀叶也看不到他衣服上的虱子了。今年夏天比往年似乎长一些，开学两个星期了，天气还很热。周末放学回家的路上，他们跟往常一样走着，现在金明话多些了，秀叶却经常走神，不知该说啥。她默默地走着，突然"妈呀"一声，转过身，刚好就转到了跟金明面对面，很近很近。金明问："咋了？"秀叶结结巴巴地不敢动："蛇啊，好大一条黑蛇！"那会儿蛇受了惊吓，已经钻到玉米地里去了。

从那以后，秀叶上课总走神。再后来，金明没再来学校。似乎过了很久很久，才听离金明家比较近的同学说，金明的爹尘肺病治不好，去世了，所以金明不上学了。

秀叶初二也没有上完，因为娘病了，吃了好多草药都不见好，经常肚子疼得睡不着觉。后来秀叶让爹带娘到县城的医院去看看，回来说医院检查是胃癌晚期。

乡下的孩子十六七岁都开始干活儿持家，跟成人一样。亲戚邻居们都开始帮忙张罗着说亲提媒。秀叶个子高挑，白白净净，跟她娘年轻时一个模子。隔三岔五就有来提亲的，那些人来提说，秀叶都是该干吗干吗，好像跟她无关似的。娘跟人家说："丫头大了，得听她的，回头我问问她。"

金明家着人来说亲时，秀叶红了脸，悄悄地走出门外，娘虽然病了，心里却跟明镜似的。爹说："金明那孩子倒还好，不言不语，踏踏实实，就是家里没什么家底儿。"娘说："小叶，你自己琢磨吧，过日子就像穿鞋子，光面儿上好看不行，夹不夹脚自己心里明了。"

娘没能等到秀叶成家，躺到了房子东边山包上养了她几十年的那片地下，旁边就是她经常劳作的田地。

爹每天唉声叹气，不久就经常往山外跑。七婶子洗衣服时跟秀叶说，听隔山柏树沟的人说你爹在外面托人给他再说一个人呢。秀叶看看自己智障的哥哥，看看这个没了娘的家，想想爹那越发驼了的脊背，没有说啥。

秀叶天天在家里忙里忙外，有些事儿她知道，有些事儿她不知道。

金明很久不再来了，或许是忙吧，秀叶有时想。

终于，金明来了。

三

秀叶把擀面杖在案板上磕得"唧唧"响，一边听着外面的动静。羊儿"咩咩"地叫着，哥回来了。哥很少说话，见着熟人"嘿嘿"笑两声，这不，秀叶听到了哥的笑声，可是没有人回应。

秀叶开始切面时，听到了爹的咳嗽声，说："金明来啦！""来了。"金明的声音听起来像是谁家欠了他八袋面。爹进到厨房，问："饭快好了吧？""没看我在切面了！"秀叶没好气地说，头都没抬。

"金明，来屋里坐，饭快好了。"爹在外面说。

"我们不吃饭了，你坐这儿，我们今儿个来有事。"金明说。

秀叶愣了一下，刀把左手食指切了个口子。

"啥事儿，也吃了饭再说嘛。"

"你家秀叶是金枝玉叶，我们穷家小户养不起。你给我们把礼金钱退了。"

……

哐啷一声，秀叶把刀往案板上一掼，来到门外。

"金明先生，你厉害啊，今儿个来头不是头，脸不是脸，原来是这茬儿啊？爹，把东西退给他们！我眼睛瞎了，当初答应了你们提亲，我高攀你们了？我刘秀叶今后就是嫁不出去，也不稀罕你这个狼心狗肺的东西！"

秀叶转回屋，把那双快绣完的鞋垫，还有一双做好的鞋拎出来，用剪刀"咔嚓咔嚓"剪。她边剪边哭："我眼睛瞎了，我眼睛瞎了。"

金明愣了愣："秀叶，你爹一个馍哄俩狗，你咋不说？"

秀叶停住了手，看着爹。

爹头扭到一边，秀叶顺着爹扭头的方向，看到了娘坟上风吹雨淋烂了一大半的花圈，那个花圈还是金明娘帮忙做的。

"你把礼金和东西退了，我们权当以前的事儿没有过。"金明说。

"你看我们这个家，自从秀叶娘去世后，是一天不如一天，穷得倒了锅灶，拿啥给你哟。"

"那可没有这个理，你收了我们东西，又把女儿许给张家。你不给我退，看我还让你能过日子不！"

"谁许给张家了，啊，金明，你给我说清楚！"秀叶声嘶力竭。

"你问你爹啊，问我干啥，又不是我许的。"

"爹，你倒是说话啊？"秀叶对着爹。

"叶儿，"爹老泪纵横，"当时你娘说是要依你，答应了金家，可是金明家孤儿寡母，家里日子过得恓惶。如今你娘也没了，你哥三十好几了，将来你屁股一拧嫁人了，我们两个鳏夫条子，日子可咋个儿过嘛！"

"噢，你就卖女儿啊？"秀叶哭着说。

"你们家的事儿，你们下来说，先给我把东西退了。"

"你倒是说话啊？"秀叶对爹说。

"唉，那 200 块钱都买肥料了。衣裳料子给你吴家三姑让你哥打听说人了。"

"呦，刘大贵，你可别想赖啊。除了那些，我平常哪次来你家空过手？"金明咬着牙说。

河对岸的邻居都站在院里朝这边看。

"哥，去圈里拉一只羊过来！"

哥傻站着。

秀叶"咚咚咚"跑到圈里去拉羊，爹过来拦着："秀叶，你把家当都不当数啊。"秀叶一把把爹推开。

她把羊拉到金明跟前:"给你,行了吧?"

金明看了看:"这羊这么瘦,卖不了200块吧,还有衣裳料子呢。"

秀叶疯了般地,又去拉另外一只羊过来给金明。

爹死命揪着羊角:"你个死丫头,疯了吧!他家的东西都是金子,咱家的东西都不值钱,是吧?!"

和金明一起来的小伙子一人拉着一只羊就走,爹被推倒在地。

秀叶大脑一片空白,一屁股坐在剪碎的鞋垫上。

天上还是没有太阳,下雨吧又没下,周围都是山,秀叶感觉自己好像被圈在一只桶里,憋闷得喘不过气。

孙大爷来了。平时不大说话的孙大爷叼着旱烟袋,坐在刚才金明坐过的椅子上,说:"大贵,起来吧,羊再金贵没有人金贵。拿了人家的就给人家,多一点儿少一点儿,折不了几斤肉。"

"家里没了女人,这日子过不成啊。"爹哭着说。

"人都走了,你们该咋过还要咋过。秀叶多好的闺女,你糊涂啊。就是许给张家,也要给闺女说一声嘛。"孙大爷轻轻叹口气。

"儿子是人,闺女也是人。你就近给秀叶找个厚道人家,这闺女能不管你爷儿俩?"

七婶也来了。孙大爷说:"她婶子,去给秀叶做点儿饭吃。"

七婶把秀叶扶到屋里,烧火下面。"呦,面上咋还有血呢?"七婶说。

"婶,我不吃饭,吃不下。你看我爹吃不。"秀叶说。

"小叶,你娘不在了,你要学会照顾自个儿。男人们,一旦没了伴儿,整天趸摸着给自个儿找伴儿呢。"

秀叶瞪大了眼睛。

……

这一天，似乎很长，像是过了几年。又好像很短，秀叶脸上的泪还没干呢，天就黑了。听着爹的呻吟声，哥的鼾声，圈里牛的反嚼声。秀叶一个人来到院子，坐在葡萄架下，看着天上清冷的月亮。

周围的山黑黝黝。小时候，秀叶常常坐在房檐下看着对面的山发呆，山那边是什么？上学后，翻过山，原来山那边还是山。放羊时，秀叶上到山顶上，看远方，看到一圈一圈的山绵延不断。秀叶就不看了，躺在草地上看天上的云彩，云彩真好，在一望无垠的天空飘啊飘。

现在，秀叶看云彩在月亮身边流走，她想起上学时课本上画的画儿，肯定有没有山的地方嘛。

她想跟着云彩走。

折 翅

一朵不能吃不能穿的花

我这罪恶的一生关于美好的幻灭的记忆应该是从"一朵不能吃不能穿的花"开始的。

那时候，我经常感到山沟里到处都是寂寞。我寂寞地吃饭睡觉尿床，寂寞地上学放牛打猪草，挨骂之后到河沟或是房后寂寞地流泪。唯一让我不寂寞的是飞来飞去的蝴蝶，尤其是那只黄色的跟小芳一样可爱的蝴蝶。

我坐在房后的桃树下，太阳火辣辣的眼睛把树叶看得卷起羞涩的身子，听见风儿蹑手蹑脚从山的另一边绕过，知了在树荫下拼命呼救：热——啊，热——啊。

此刻的山沟里静悄悄，知了的叫声更增添了几分寂寞。听到空旷的屋子里爷爷"呼——哼"的鼾声，不明白，大人们中午为啥都要"歇晌"。蝴蝶在我周围起舞，大黑蝴蝶看上去强壮有力，我有点儿害怕它靠近，那只黄蝴蝶像我家对面的小芳一样可爱，我喜欢跟它说话。我撩起袖子擦了一把脸上的汗水和泪水，不过，只有他们睡了，我才能安静地想会儿伤心事，和蝴蝶仙子说说心里话。

我有啥伤心事？哼，我的伤心事可多了。就像我身后这块苞谷地，被伤得裂开一道道的口子，每一道口子还没长好，又被身边的这个或那个人撒上一把盐，我把疼痛的泪水忍回肚子里，趁他们睡觉时到这儿来流。

我从来不在大人跟前流疼痛的眼泪，我的眼泪只在爹跟前流，可是我的爹睡着再也醒不来了。

比如说，我前天放牛的时候，看到一朵紫藤花缠在刚出生一个月的小牛花花的角上，有了花的映衬，花花看上去漂亮极了。我爬到那棵歪脖子桑树上，折了一根枝条，从中间折断，撕下一条长长的树皮，嘘……小声点儿，桑树皮可以当绳子用的秘密可是我从爷爷那儿偷学的。我用桑树皮绳子把那朵紫花牢牢绑在花花右边的角上，因为它左边的角出圈门被大黑挤了一下，碰在了阿黄的角上，阿黄的角多硬啊，那时花花出生还不到十天，这下你该明白我为啥要把花绑在她的右角上了吧。

太阳公公的下巴挨着西山顶时，我赶着大黑、阿黄，吆着五只羊，摸着花花的脊背往回走，一路上我是唱着歌的，我一唱歌，我身边的八个小伙伴都很听话地，默默地朝回走，我如果不唱歌，阿黄就"哞哞"叫着催呢。我们经过院子门口时，我偷偷瞄了一眼奶奶，如果奶奶看见花花头上的花，肯定会高兴地喊，花花戴了花真好看。那时奶奶正拿着刀，呼哧呼哧地刮葫芦皮，可能晚上又要吃葫芦面吧。我用手中的柳木棍子轻轻戳了一下最肥的那只叫阿白的羊的屁股，阿白使劲弹跳了一下，踩翻了地上的一只盆，奶奶边捏刮下的葫芦皮，边说："阿

郎，干啥小心点儿好不好！"捏完葫芦皮，她抬起花白的头来，
只看了我一眼，就瞪大眼睛，使劲吼起来："阿郎，你身上长
刺啦？"我身上怎么会长刺呢？我顺着她浑浊的目光低下头，
没有看到刺，却听到了她更大声的吼叫："你那衣服才穿了两天，
就划了那么大的口子，以后不给你做衣服了，光身子去吧……"
我看到肥大的裤子张开了口，腿上的肉都露出来了，能看到我
上次爬树时破的一道红疤。你说，牛羊在吃草，花儿在开放，
太阳温暖地照着，一切那么美好，我爬到树上试试看能不能看
到更远的地方，这有错吗？然后不小心被树杈划破皮肉，我都
没哭，爷爷还骂我像土匪爬高上低。"我……爬树是想撕桑树
皮。""好好放牛撕桑树皮吃啊？""我想绑……花。""花
有啥好绑的，能当饭吃还是能当衣服穿？"奶奶边唠叨边抱着
葫芦进厨房了，她还是没有看到花花头上的紫花。

　　我咬住嘴唇，使劲忍住在眼眶打转转的泪水，把我的小伙伴
们引回圈里，我从花花的角上取下那朵花，扔在圈的墙角，在大
人眼里，花有什么用啊，又不能当饭吃，又不能当衣服穿。可是
山上的花开得一丛丛，一簇簇，花开的时候，我的伙伴们都格外
精神呢。花花往我跟前蹭了蹭，我用手背挨了挨它长长的睫毛，
跟它们道了晚安。

　　奶奶擀面时，我悄悄坐在灶台后烧火，我把破了的那只裤腿
尽量卷起来，不让爷爷看见，但这一般不管用，因为奶奶会主动
跟爷爷提起。

　　爷爷扛着犁回来了，奶奶开始往锅里下面。爷爷拿起长长的
旱烟袋在房檐下坐下，我从灶里夹起一块红红的火炭，侧着身子
去给他把烟点着，如果我不主动去，爷爷也会大声吩咐我。

　　爷爷说明天要交上调款，问奶奶箱子里有多少钱，奶奶盖上

锅盖，去数钱了。于是奶奶忙着心疼挖药卖粮攒的钱又要少一大叠，忘了跟爷爷说我衣服划破的事，我可以安心地睡觉了。睡觉前，我从牛圈后抱了一捆干柴放到厨房灶台后，这样奶奶明早做饭就方便了。

爹永远闭上眼睛后，有一天，娘一早出去，再也没有回来，张小牛有时候骂我：王小郎，没有娘，他娘跟了蒋货郎。蒋货郎是山外河南的，隔三岔五挑着货郎挑到山里卖那些镜子、木梳、针头线脑，还有头花、头绳、袜子、手套。他来一次走了之后，我娘头上就有了新的头绳，还有一缕一缕各色丝线来绣花。

我不知道娘是不是跟了蒋货郎，反正娘走了没有再回来，蒋货郎后来也再没有来过。奶奶头上多了好多白头发。我想着奶奶的白头发和脸上像核桃皮一样的皱纹，刚要进入梦乡，听到有老鼠咬柜子的声音，自从爹走后，没有人往老鼠洞里塞玻璃碴儿，老鼠好像越来越多，爷爷奶奶一睡着，就听不见老鼠咬柜子的声音，经常在晒粮食的时候才发现粮食少了半柜。

于是我悄悄钻出被窝，披上棉袄，拿了床头的鸡毛掸子去敲柜子，想把老鼠吓走。"嘭"，我使劲敲下去，就听到"哗啦"一声，啥子碎了？我去摸桌子上的火柴，有东西扎着我的手，我忍着痛，划亮一根火柴去点煤油灯，却找不到那盏黑乎乎的煤油灯，我闻到了一股煤油味，天！煤油灯被我打碎了，我手一抖，抖掉的火柴烧着了煤油，我赶忙抓过衣服捂住燃着的火……

就为赶老鼠这件事，我半晚上都没有睡着，想着家里只有两盏煤油灯，明天早上被奶奶发现碎了一盏，估计我的屁股就要开花。我迷迷糊糊进入梦乡，梦见我在天上飞翔，大声喊"爹"，没有爹的回声，我看到天边有一个身影，特别像娘，我使劲喊"娘，娘"，娘头也不回，越走越远……我边哭边追赶呢，讨厌的大公鸡"喔喔喔"地叫起来，打断了我追妈妈的脚步。窗外透进来一缕微光，我看到桌子上碎掉的玻璃碴儿，我不敢赖床，赶紧起来，用木棍支起窗户，让煤油味串出去。拿昨晚捂火的旧衣服把玻璃碴儿兜起来，我在家里找不到地方放这一兜东西，我就拎着玻璃碴儿绕过牛圈上到后边山上，找到花花喜欢待的那个草窝，用手扒了一个深深的坑，把手里的东西埋了进去，把面上抹平，盖上树叶，免得将来扎了花花的脚。

下山路上，我拔了几棵丹参，那时我想，以后再放牛时要多拔些丹参卖钱，等攒够钱再去买一盏油灯吧。

小芳眼眶红了

奶奶在厨房切红薯的声音叫醒了我，窗外天色微微发黄了，我伸了一下懒腰，才觉着屁股下湿了一大片，这才记起梦里急着到处找厕所的情景。我起床穿好衣服，把被子拉平盖着那一块湿了的地方，今天晚上睡觉再焐干吧。

我和奶奶去河里抬了两桶水装在厨房水缸里，这就够一天的用度了。当我端起红薯糊汤就着酸溜溜的红薯叶酸菜吃了还不到一半，上沟的大志、建华、志峰几个已经走在上学路上了，紧接着我看到了小芳的身影，我没心思再吃，撂下碗拎起旧书包就走，顺手从院子里竹席上抓起一把红薯干装在书包里。

小芳看到我从后边来了，她叫了河对岸的玉玲一起走，那时路边的苞谷苗刚好到小芳腰那么高，小芳穿了一件黄色短袖，长头发绑成马尾在脑后甩来甩去，露出藕白的脖子和胳膊，就像我家后院那只飞舞的黄蝴蝶一般可爱。

我们那会儿村小的学校，一个班二十来个学生，因为老师少，还从城里请来了一个姓马的代教老师，我们背地里都叫他"马代教"。操着河南口音的贾校长年纪大了，戴着老花镜，他在上边讲乘法。我坐在最后排，除了看看黑板，还能看到前边学生的一举一动，我看到王大伟衣服领子上有一只虱子爬来爬去，又回到他乱蓬蓬的头发里。看到黄勇从靠在墙边的大扫帚上摘下一片干黄的竹叶悄悄别到小芳的马尾上，浑然不觉的小芳晃着脑袋跟着老师读乘法口诀，我心里憋了一团火在慢慢升腾。

炊事员在房檐下敲响了那只铁锈斑斑的钟，老师还在收拾课本，同学们一窝蜂地往外冲，我抢先站在黄勇座位前边的过道边，黄勇往外冲时，我伸出一只脚，黄勇摔了个狗啃泥，后边同学哈哈大笑，黄勇边往起爬边骂："杂种王小郎，没爹没娘的王小郎……"这些话引来前边的女同学围观，我冲过去抱着黄勇，我俩在一起扭成了麻花。

上课铃响，马老师进来，我俩还扭在一起，谁都不松手，于是马老师冲我俩一人屁股上来一脚，说："耳朵聋啦，上课铃响没听到！"那节课，我没听到马老师讲啥，脑子里一直在想"杂种王小郎，没爹没娘的王小郎……"我没听到下课铃声，只听到马老师喊我和黄勇到他办公室。我看到黄勇右眼眶青了，我感觉到自己头上一块头皮生疼。一进办公室，马老师喝令我俩靠墙站好，我还没站好，黄勇就说："马老师，我下课往出走，王小郎故意把我踹倒。"马老师问我是不是，我没说是也没说不是，我说黄勇上课捣乱。马老师问："他咋捣乱？"我说他往小芳头上插竹叶。马老师怒睁绿豆眼，踹了我一脚，说："你上课不好好听讲，忙着看人家，怪不得学不好！"说完又踹我一脚，"给老子滚，明天让你老子来学校！"马老师不知道我没有老子了。

那天放学，马老师又叫小芳留下到他办公室帮忙批卷子。我就在学校后门外的河里磨蹭，天快黑了，小芳回去太晚会害怕。河对面刘小辉家屋顶开始冒烟，他姐赶了一群羊都进了院子，小芳还没出来。我就回到马老师办公室外，我推开门就喊："马老师，天黑了，再晚我们回去害……"怕字还没出口，我看到马老师从小芳头上缩回一只手。他对小芳说："好了，今天就批到这儿，你先回，明天下午再来批。"

小芳背起书包，头也不回地出了学校后门，我看到了她的红眼眶。

让你爷爷来学校

对我来说，最难熬的是晚饭时间。在我十几年的人生记忆里，幼时是有过幸福的晚饭时光，但那似乎是很久以前了，是爹和娘都在的时候。

我放下破书包，奶奶就开始唠叨："阿郎，咱家煤油灯哪儿去了？"我知道，这个时候，我要是说被我打碎了，奶奶就会哭天抹泪数落我败家子不争气，没人指教羞先人，要一直数落到爷爷回来弄清奶奶哭诉原因，我屁股再挨上几板子方才罢休。所以我只说不知道。她又开始骂哪个瞎了眼昧良心断子绝孙不要脸的，连我们煤油灯都要偷。我说："奶，你别骂了，实在找不到，我就上山挖药材卖钱再买一个。"这些话并不能让奶奶闭嘴，奶奶从来不会听我一个青瓜蛋子说话，她只会一个人想，一个人说，一个人骂。

我觉得碗里的面条咸得发苦，我想念娘做的饭，我无声哽咽着，吃不下去饭。熬到奶奶闭嘴睡觉，我往锅台后抱了明早用的干柴火，才安静摸着黑地躺到床上，暖我昨晚尿湿的被褥。看来今天奶奶没有翻我的被褥，否则，她晚上的节目还会加一场，骂我懒鬼托生的，要尿都不起来，直接尿床上。我不知道咋样跟她解释尿床不是我故意的，每次我都是醒了才发现床湿了，要是我知道自己要尿，我肯定会起来尿啊，而且我一年也就那么十几回尿床，没尿床的时候我都是醒来下床尿的啊，奶奶为啥就想不明白呢。

　　第二天上学路上，小芳没有叫玉玲，她放慢脚步，等我走近她时，她塞给我一个包子，说："你拿着，放学饿了吃。"说完这话，她就像蝴蝶一样飞跑了。除了过年，我很久没有吃过包子了，上学饿了就啃奶奶晒的红薯干，渴了下河喝凉水。

　　有娘真好！上课我还悄悄摸着那个包子，心里这么想呢。

　　下课铃响，我还没冲到门口，马老师喊我站住，让我到他办公室。我去了，他用发着贼光的绿豆眼瞪着我，问我咋没喊我老子来。我说我没老子。他抬腿就踢我一脚，我说我就是没老子，他又抬手要打我，我一缩身子躲了一下。我这个动作让他很生气，他又抬起脚时，我退到门后，拎起靠在墙边扫地铲灰用的铁锹扬了起来，于是他收回了他的腿。我们正在对峙时，贾校长来了，他跟贾校长说我翻天了，没法管，一管我还要打他。贾校长看着我手里的铁锹，我放下它。

　　放学回到家，我才发现包子还在我书包里，我一路上都在想着贾校长让我叫爷爷到学校去的事儿，我没有想起来饿。

　　奶奶还在唠叨煤油灯的事儿，我没有跟爷爷说贾校长让他去学校。

第二天早上吃过饭，我没有背起书包，在爷爷拿起锄头下地时，我拿起铁铲和竹篓往后山走，爷爷问我咋不去上学，我说我不上了，然后头也不回地上了山。我喜欢这山，山里只有花开，只有鸟叫，没有人骂我没有娘，没有人说我字写得不好，学习不好，也听不到奶奶骂我羞先人，唯一不好就是看不到蝴蝶一样的小芳，但是可以看到小芳一样的蝴蝶。

我要好好挖药材，茵陈、丹参、桔梗、丹皮等，我认识好多种药材，等攒够钱去买煤油灯。

我的口琴

我每天和花花、阿黄在山洼里或山梁上，它们在蓝天下安静地吃草，我眼睛四处扫射，寻找每一株可以拿来换钱的"仙草"，我的样子估计很像在队长家场院里看的电影里日本兵探地雷。我这样认真，经常会有意外收获，比如会看到某棵树下冒出来的几个精神抖擞的灵芝，夏天阵雨过后，蘑菇"嗖嗖"地往出冒，我一会儿就能拾一篮子蘑菇，奶奶能炒一小铁盆，就着热乎乎的锅盔吃，我感觉这是天下最好的美味了。

除了睡觉，我每天和我的"小伙伴"们在一起，那段时间是我一生中最幸福的时光了。也有些小小的忧伤，就像天上那几颗稀稀拉拉的星星一样浅浅淡淡。后来在监狱中有了大把时间细细回想，想起那忧伤的源头应该是不能经常看到像黄蝴蝶一样的小芳吧，好在还有像小芳一样的黄蝴蝶。

看到小芳就像看到春天，会让我有些狂躁的心平静下来。这样的奇迹在花花身上也有发生，花花有时候会烦躁不安四处乱跑，甚至不听我召唤，一旦它的妈妈阿黄轻轻发出"哞"的叫声，花花就朝阿黄奔过来，挨近阿黄身边，安心吃草。

可是，我已经有两天没看到小芳，早上没有看到她去上学的身影，下午也没有看到她放学回家的身影。

看不到小芳时，我在挖药之外，只好去摆弄另一样东西，就是爹留给我的口琴。吹口琴时，我就忘记了马老师，忘记了奶奶的唠唠叨叨。小芳的样子却在我吹口琴时变得异常清晰，就像蝴蝶在我面前飞舞。

那是个特别晴好的日子，我吹了《山里的孩子更爱山》，吹了《又是一年三月三》……然后我就躺在草地上，看天上白云悠悠，不知它们都飘向何方。忽然，我感觉脖子上痒痒的，"蚂蚁？"我懒得起身，拿手撩了撩，然而，我刚把手枕在脖子下，脖子又开始痒痒。我不得不坐起身，刚准备转身，一阵"咯咯咯咯"银铃般的笑声，"小芳！"当我看清楚真是蝴蝶一样的小芳时，我感觉脸上火辣辣的，胸口像是有好多只小鹿在上蹿下跳。

小芳也不上学了，她说她特别讨厌经常被马老师叫去批作业，那天又批作业时，马老师竟然把手放在她肩膀上，她都闻到了马老师嘴里喷出来的大蒜味，她说："马老师，我肚子疼，我要上厕所。"她拿起书包逃出了那个"魔窟"，那时天色已开始发麻，校园里看不到一个人，她头也不敢回，拼了命地出了学校往回跑。那天晚上，她做了很累很累的梦，梦见后面有个人追她，一会儿是马老师，一会儿是一只狼，一会儿又是一个看不清面孔的魔鬼……任凭她跑得再快，也跑不出那个人的视野。第二天醒来，她发烧了，烧得迷迷糊糊。烧退了，小芳就再也不去学校了。

听完小芳的讲述，我攥紧拳头，我要去找马老师，那个畜生一样的马老师！小芳拉住我。"我都不上学了，找他干啥！再说，他又没把我咋样。"我懊恼地躺在草地上，小芳说："不上学也挺好，多自由啊。"

但我心里始终憋着一团火，那团火老顶得我胸口发闷。那天晚上，我扛着一根圆木杠子去了学校，马老师房门紧闭，我轻轻把杠子靠在马老师对开门之间的缝上。我回去的路上，想象着马老师第二天打开房门，杠子朝着他那泛着贼光的脑壳砸下的情形。

第三天，小芳提着半篮丹参找到我，她脸蛋红彤彤的，有点儿上气不接下气地告诉我："阿郎，马老师教不成书了。""为啥？"我装作很平静的样子。"听玉玲说他不知被谁打了，被打成脑震荡，昏迷了，在学校外面的卫生所看不好，被送到城里医院去了……"那天，小芳还说了些什么，我都没有记住，我只记得马老师被人打了，昏迷了，住院了。我拿过杠子放到他门口了吗？或许我是在做梦吧。

那个春天过得很快，我挖了很多药材，晒干后让奶奶卖给上门来的小贩，卖的钱够买五盏煤油灯吧。但奶奶还是没有笑，她一会儿唠叨谁家牛啃了我家的青菜，一会儿唠叨村上又要让交钱，说是要拉什么电。"人老几辈都用煤油灯，用得好好儿的，拉个啥电嘛，变着各种把戏收钱。"

钱还是得交了，过了几个月，电真的来了，把那根绳子一拉，灯泡就发出黄黄的光，比煤油灯亮多了。而我还发现，那灯泡没有油烟。虽然我很喜欢"电"这个东西，奶奶却无法喜欢上它，说是它老费钱了，电一亮，门背后那个电表就转，一转就是钱呐！

于是，奶奶晚上还用着煤油灯，用的是我挖药材卖的钱买的那盏。

爷爷闭上了眼睛

爷爷怎么就会从梯子上摔下来呢？我家房子里面头顶上有一层木板楼，楼上放置过冬用的半子柴、苞谷芯，还有几只装着杂物的木箱子。那木板楼也曾经是我伤心时候的藏身之所，我伤心过后，靠近屋顶侧面的小窗口射进来几道太阳光，我打开木箱，找一些能当作玩具的瓶瓶罐罐或是布头棉絮什么的。要爬上板楼，必须得借助那把长长的木梯，我多少次从那把木梯上上下下，都安然无恙。爷爷那天上去取东西，怎么就会连着梯子一块儿翻了过来，他当时就昏迷不能动了，邻居们把他抬到离我们这个山里最近的河南荆紫关一个医院，医生说他的腰断了。

我和奶奶把家里所有拐角放着的药材都卖了，卖了一些粮食，卖了两只羊，凑了钱给爷爷治病，可爷爷在床上躺了三个月之后，还是闭上了眼睛。爷爷闭上眼睛之前，是看了看我的，他的嘴唇动了动，我却没有听到他说什么。

爷爷坟上的花圈还是新的，奶奶又病倒了。我就是那段时间才真正学会了做饭。早上起来先烧半锅开水，给暖水壶里灌上一壶，然后煮红薯（红薯都是头天晚上削好的）、搅糊汤。等饭熟的空当儿，给奶奶倒尿罐，擦脸。那段时间，奶奶闭上了她爱唠叨的嘴巴，不停地流眼泪，我刚擦过，一会儿又流下来了。我给她喂完饭，就洗锅喂猪。喂完猪，我就赶着花花、阿黄它们去山上。现在我可没时间挖药了，因为我抽空儿还要锄地里的草，还要翻红薯秧。

那天，小芳来帮我，我低头装作拔草，其实是悄悄擦了一把我那不争气的眼泪。小芳的妈妈有时候会带着她蒸的包子，或是摊的煎饼来看看我奶奶，因为那些都是我不会做的。

或许是不放心我吧，奶奶竟慢慢好转，后来能下床做饭了，再后来又能下地锄草，这样我就又能抽空儿挖些药材卖钱。卖的钱好用来买药，买油盐酱醋针头线脑。

可是……后来我经常回想："如果奶奶一直病着，我可能就不会离开那个小山沟。"但，人生没有那么多可是。

奶奶有着非常旺盛的生命力，她身体一好起来，她的话也跟着多起来，她看不惯的事儿也跟着多起来。我家后院边有棵核桃树，树根扎在我家后院里，枝丫伸到大宝家地里。核桃熟了，大宝他妈拿着竹竿把伸到她家地里的那部分核桃敲下来。而我们这边只有树根树干没有核桃。当她准备往自己篮子里捡的时候，我奶奶去阻拦，对于一个家里没有男人的老太太来说，她的阻拦在别人眼里太无力了，人家和她对骂，骂的过程中当然会把断子绝孙、媳妇偷汉等话语都带出来。那些话太有杀伤力了，因为我奶奶实在找不出更狠的事实来回骂，于是我奶奶就动手去夺回她认为属于自己的核桃，那两篮核桃卖的钱可是够买一年的油盐酱醋了。

我听到吵骂声就往回赶，赶到的时候刚好大宝他妈骑在我奶奶身上，揪着我奶奶头发，我奶奶手紧抓着装核桃的篮子。我把大宝他妈一把掀开，我奶奶坐了起来，她俩还要撕缠，我喝止了，我说："核桃一家一半，都回去吧。"

郁闷的我走到圈里去看花花，花花已经长壮实了很多，它一看到我就往我跟前凑，温顺地让我摸摸它的头，它那软软的毛发轻轻拂过我的手心，就像一阵微风拂过我受伤的心，涟漪过后，心境平静。

一棵核桃树

我们最终还是半篮核桃也没能留下。

那天，太阳还没出山，我就挑着两筐晒干的药材翻山越岭到 20 里外的荆紫关去卖，天黑透前我带回奶奶需要的油盐酱醋针头线脑，还给奶奶买了治腰疼的药。刚走到门口，就听到奶奶哭诉，跨进门，小芳妈在安慰奶奶，帮她擦脸。

小芳妈走了后，奶奶边哭边擤鼻涕边给我说了事情原委：趁我家阿郎不在家，大宝他爹过来把那半篮核桃抢走了，说是核桃树害得他家地都不长庄稼，没让我们赔都不错了。

第二天早上，我拿了斧头，把那棵长得歪脖吊颈的核桃树从根砍掉，砍的时候，树上绿莹莹的洋辣子虫扑簌簌往下掉。奶奶过来拦，她怎么能拦得住我呢！

这个山沟沟里阳光总是晒不透彻，阳光总是在山顶上来回转。当我感觉憋闷时，我总想上到山上，这很容易，房后是山，房对面是山，除了去学校和学校之外的地方。剩下不论是种地砍柴，还是放牛挖药，都是出门就上山。于是我除了吃饭睡觉，其余时间都在山上，我越来越喜欢高高的山上，我使劲看向远方，看太阳升起和落下的地方，那些地方应该是无比的暖和吧。

回到家不上学的小芳似乎也喜欢上山。这里的人们上山都是干着大同小异的活计。有时候小芳会循着我寂寞的口琴声找到我，然后跟我聊聊听来的学校的事儿。后来有好久我都没有看到她了。那天我家花花调皮总是往远处跑，当我找得筋疲力尽时，在小芳家红薯地边我看到了花花，同时我看到了穿黄褂子的蝴蝶一样的小芳，她的头发有些凌乱，不似先前那样马尾左右摇摆。

我喊了声："花花，过来！"花花过来了，小芳没有抬头。

我于是喊："小芳，你一个人哪？"小芳没有抬头，只是"嗯"了一声。我赶着花花往回走，走了没多远，我又坐下来，吹起口琴，吹得太阳落了西山，吹得我自己都有些鼻子发酸。小芳扛着锄头过来了，她说："天快黑了，回家吧。"当她迈着不紧不慢却似乎满怀心事的步子经过我身边，就要给我留下背影时，不知是有哪股力量推着我，我站起身，轻轻拉住了她的衣袖，小芳站住了，却没有回头，我不知要说什么，只想这样拉着她，让时光就这样停止。

见鬼！怎么会有大宝喊叫"小芳"的声音呢，当那个声音传来时，小芳挣脱了我的手。大宝看到我俩时，我俩正一前一后站着。大宝愣了几秒，过来就给了我一拳："阿郎，小芳是我的女朋友了！"我竟然鬼使神差地问小芳："小芳，是这样吗？"小芳头也不回地往山下跑去。当我感觉嘴里咸咸的，有颗牙脱了，大宝鼻子流血，眼眶红肿时，小芳妈过来把我俩拉开了。

小芳妈给大宝擦去脸上的血，把我扶起来，让我俩都滚回家。

晚上我没有吃饭，小芳妈来了，她到我房间跟我一个人说话，她说大宝家到她家来提亲了，女孩子就是草籽儿，总是要嫁人的。她知道我把小芳当妹子，但现在都大了，还是要离远点儿，免得旁人说闲话。她还说大宝有个表哥在派出所（这我知道），所以大宝他妈有点儿霸道，你和大宝打架，他妈肯定不会善罢甘休，你出去避一避吧。

是的，当天晚上，大宝他妈就带着大宝来我家门口叫骂，结果是我奶奶死抱着我，不让我动，人家却来对我左右开弓。他们骂我有娘生没娘养，家里穷得连块完整的遮羞布都没有，还癞蛤蟆想吃天鹅肉，也敢在他们头上动土……骂够了，走了，走的时候跟我说，这事儿没完，让我等着瞧。

于是奶奶哭天抹泪让我赶紧走，别待家里招惹是非。

我曾经每天在山顶看远方，一直没有想象出远方的模样，却在这样一个月黑风高的夜晚，带着满身满心的伤痕，走出这个地方，我并不知要走向何方。但在那一刻，我却坚定了信心：我走了，终于要离开这个鬼地方，我将永远不再回来。

虽然后来的事实不是这样。

一切都会过去的

一眨眼，在火车站捡剩馒头、睡桥洞的日子似乎已经过去了很远。我在被称作"天府之国"的城市里也算有了栖身之地，每天清晨，我在合租的房屋里醒来，在楼道里的卫生间洗漱，踩着晨曦去到工作的地方——一家馒头店。我每天的工作就是揉面，店里管饭，这个工作不复杂，对于已经 18 岁的我来说，这活儿也不是很累，虽然从清晨干到晚上，胳膊酸，腿疼，但是睡一觉，第二天照样生龙活虎，有时下班还能和工友在小吃街看看各色美女，生活就该这么丰富多彩啊。

每过两个月，我会去趟邮局，把工资的一半给奶奶寄回去。奶奶托人给我写过信，说是她放不动牛羊了，把圈里的牛羊都卖了，在我的坚持下，她只留下花花，每天让花花自己在房前屋后找草吃，前阵子来信说花花也当妈妈了。

我一直没有想过一个问题，那就是：日子不可能总是一成不变的。

我以为我的日子就是揉面，帮老板卖馒头了。但是有一天，老板说他要回湖北老家，用这些年攒的钱在老家把房子盖起来，再开一个烟酒店，轻松地养老去，卖馒头起早贪黑太累了。这话说过不到一个月，店就转租出去了，老板给我们每人（也就仨人）多发了半个月工资，就交了钥匙回老家了。

我在出租屋里待了十几天，经伙计的介绍，在一家川菜馆找了个差使——洗碗，这对我一个大小伙子来说，有点儿大材小用。我尽职尽责，洗得快、抹得净、摆得齐。一个月之后，就被调到大厅当传菜生。传菜生当然比洗碗工等级要高了，而且能见大场面，见识到各色消费人群和各种新鲜菜式、生猛海鲜。

这家菜馆之所以生意火爆，皆因有吸引顾客的法宝：变脸。每天晚上，饭厅里人最多时，就由阿庆换上戏装，伴着音乐，在大厅桌子间来回穿梭，不停地"变脸"，每变一次，就会响起一阵阵热烈的掌声。而这个时候，也是我最开心的时候，顾客们目光都跟随着英俊洒脱的阿庆走，虽然阿庆回到后台脱下戏装后跟这里的服务生都差不多。但他一旦伴着音乐成为人们聚焦的中心时，似乎身上散发出了独特的光芒，一些姑娘和小孩总是露出无比仰慕的眼神，这时我们传菜的可以稍稍喘口气，看多了阿庆表演之后，我们这个时候都在偷偷看那些桌子上的美女，因为这时偷看没有人发觉。

或许是出于佩服，阿庆表演完后，我会偷偷跟着溜到后台，帮忙接过他脱下的有着汗味儿的戏服，然后给他递过热毛巾，还不忘用十分敬佩的口气夸赞他的表演。刚开始阿庆对我的"服务"默默接受，对我的夸赞不作任何表示。时间久了，有一天，阿庆突然开口："晚上下工咱俩出去溜达溜达。"那天晚上，受宠若惊的我掏出皱巴巴的钱请他吃烤串，喝啤酒。也就是那天晚上，阿庆知道了我是没爹没娘的王小郎，他大着舌头，用浓重的川南腔说了句让我差点儿流泪的话：喜欢"变脸"，哪天我教你。

变脸

我渐渐习惯了这个城市里的一切，适应了这里整夜不灭的灯火辉煌，适应了川流不息的车流人流，适应了每天干活儿，按月领工资。至于所谓的"家乡"，在我脑海里出现的次数越来越少。有时候晚上睡不着觉，看着窗外像路灯的月亮，会想起我坐在房檐下看着挂在对山顶的月亮想妈妈，想小芳的时光，那时的月亮泛着清辉，不像这儿的月亮昏黄。

我真的喜欢上了变脸，众目睽睽之下，伴着节奏明快、铿锵有力的音乐，你像欢快的鱼，游刃有余地穿梭在人群之中，潇洒地一挥手、一跺脚，脸会变出各种颜色，不同扮相，所有人注视着你，而他们却不知你的真正脸孔是啥样，那种感觉是我长这么大从没体验过的。

虽然我还没有正式表演过，但阿庆已经教了我一些基本套路和章法，比如走场，比如基本动作，我也知道了变脸的基本原理。阿庆真的是善良的，为了感激阿庆的那份好，我和他一起租住，我自愿承担所有房租，每月他的休息日，我请他吃烤肉、喝啤酒。虽然阿庆有时要去付钱，但我没让，因为他比我更需要钱，他攒的钱寄回家既要给他瘫痪在床的妈妈治病，还要给他妹妹交学费，他的爸爸在他妈妈瘫痪后出去打工再没回来，说到这儿的时候，他的脸孔毫无表情，在街灯照耀下越发显得苍白，我给他斟满了啤酒。而他能学到"变脸"，来自于他舅舅的传授，就为了能让他出来挣点儿钱。他妹妹则一边上学，一边要照顾妈妈。

那天，我俩都喝多了，当我醒来时，身边竟有一个人，我挪开绕在我脖子上的胳膊坐起来时，是出了一身冷汗的，那人转了个身，发出梦呓声，竟然是个女的！这是一间没有窗户的房子，从门上方破了洞的玻璃框里透进来一丝微黄的光，我看到对面床上好像还有人，我轻轻叫"阿庆"，阿庆应声了。后来我俩离开那个鬼地方时，是掏光了口袋里所有的钱，因为门外破沙发上躺着两个男人。

这次经历，我俩谁都不再提起。阿庆每天晚上更加认真地教我"变脸"。他说，争取再练三个月，你就能上场试一下了，就是身子还不够灵活，要跑步，压腿。至于扯脸的手法，走脸、震脸、空手变脸、左右开弓、叼扇、回脸等，我都已经基本掌握。至于阿庆的绝活儿——快三张，他说起码要等一年以后我才能学。

那段时间，我除了传菜，就是钻研变脸，日子变得幸福而又充实。准备周一休息时去给奶奶打钱呢，一封电报暂时中断了我的充实生活：奶奶走了。我来不及多想，买了火车票踏上已经离开五年的所谓的"家乡"。

最后一个家人的丧事

从没想过奶奶也有一天会不在。这时我才想到，她是我的最后一个家人。

等我辗转到家时，奶奶已经离世三天，她已经入殓在棺材里，就是等着我回来看一眼好下葬。棺材是爷爷生前就做好的，在楼上当了多年的粮食柜，我小时经常从里面舀出苞谷或是麦子运下楼来晾晒。

邻居们在院子里忙活着，主事的是队长。当我看到那熟悉的棺材放在堂屋中间，前边摆着大馒头，奶奶吃饭的碗装了高粱，放在棺材前的桌子上，里面插着香，两边是两盏煤油灯，发着闪闪烁烁的光。突然看到这情形，我跪下，脑子一片空白地愣在那儿。小芳妈过来拍了拍我的肩膀："阿郎，给你奶烧几张纸钱，让她安心上路。"

第二天，奶奶就下葬了，躺在爷爷身边。天气很冷，麦苗上盖着一层冻硬了的雪碴儿。我要在家里守到奶奶过三七。建华和志峰晚上来陪我。房子的灯泡上盖着一层油腻腻的黑灰，使房内看上去越发昏暗。我总是感觉奶奶的身影一会儿在案板边，一会儿在灶台后，一会儿在猪圈边。过两天我一走，这个家里的一切就将慢慢消失在我记忆里了。

静下来时，想起奶奶丧事期间，连大宝他妈都来了，大宝没来很正常，听说他这两年承包茶园发了家，有空儿就去镇子上喝酒赌钱。可是，小芳怎么没见人？我没有提，便没人告诉我。我只是想起小芳妈头上已经白了一大半的头发。

村子里的年轻人不多了，大都出去打工挣钱。建华已经娶了媳妇有了娃。志峰妈去世早，留下他和他爹，他爹张罗着给自个儿找后老婆，家里没了主心骨，也就没人愿意把姑娘嫁给志峰。晚上过了零点，我让建华回家陪媳妇孩子，我和志峰通腿儿睡。志峰问我四川那边什么样，我不大会形容，就说反正比山沟沟里好呢。志峰说："阿郎，其实乡亲们都很佩服你。"我说："是吗？我没爹没娘，家里穷成这样，有啥好佩服的。"志峰说："阿郎，你命不好而已，早早没了爹娘，但是你吃苦能干，在家就能干。要不是遇到那些不顺心的事儿，你现在也能把家打理得很好。就说你出去这些年，每年按时给你奶奶寄钱，你奶奶逢人就夸，邻居们都羡慕呢。真的！你说咱这山沟沟里像你这么有志气的有几个？对了，大宝那个在派出所上班的亲戚，叫王勇的那个，本来就不是正式民警，后来竟然跟人合伙偷自行车，因为分赃不均被揭发，坐了一年牢，现在也是农民一个，游手好闲，啥都不会做，也不想做。大宝这两年倒是发达了，搬到公路边盖了楼房……"

我临走的头天晚上，志峰跟我说："阿郎，我想跟你一起去四川打工，带上我吧。"

我给奶奶最后一次烧纸，把坟上添了土，把爷爷和我爹的坟都整理了一下。房里的东西能送人的就送了人，把钥匙留给小芳妈，让她有时间去照看一下。给小芳妈钥匙时，我随意问了句："姨，小芳好吧？"小芳妈怔了一下："还好，就是最近身体不太好。"我说："哦，让她多注意啊。"我偷偷在放钥匙的纸包下面压了500块钱。

于是，这里似乎再没有任何牵挂，花花也已经在去年让奶奶含泪卖给了隔山的人家。而我现在似乎也过了依恋一头小牛的时期。

那天天微亮，冬天的山沟里，人们都还在梦乡里。我和志峰沿着乡村公路往出走，是的，这里已经没有了我们小时候在玉米地中间穿行的羊肠小道，取而代之的是拖拉机碾压过的泥泞不平的宽土路。麦苗没有我小时候看上去精神，很多地没有绿色覆盖，像一块块的斑秃。

这次，我不知道我以后还会不会回来，我没有多想。

燕子　号子

　　人来到这个世上，争执和冲突不能避免吗？多年后，当我发现这世上再没有什么事儿值得我去争执时，我常想："如果没有当年那些争执和冲突，我的人生该是另外一番模样吧？"

　　餐厅新来了个服务员，长长的马尾在脑后甩来荡去，长长的脖颈像骄傲的长颈鹿，黑黑的眼睛像七月的葡萄。她身上散发的健康活力总是会吸引人的目光，有时候，我觉得她似乎哪些地方像小芳。然而，她叫燕子。燕子来了之后，我觉得每天的时光溜得飞快，总是一眨眼，就到了下班时间，不开心。

　　这段时间，我的变脸技术进步很快。阿庆说："你可以试着上上场子了。"但我还是先等客人散尽后，只有阿庆、志峰我们三个人时，在餐厅试试身手，燕子有时也会留下鼓鼓掌。那天练完，阿庆说我真的可以正式上场了，明天他跟经理说去。怀着激动的心情，我说咱三个去夜市整两杯，阿庆说把燕子叫上一起，我说好啊。那天晚上，我真的喝多了。我躺在床上，听着阿庆的鼾声，想着燕子每次斟酒给阿庆斟半杯，不停嘱咐阿庆少喝点儿，敏感的我捕捉到了燕子看阿庆时那崇拜的眼神，我真正地失眠了，就在那个晚上。

　　在都市里，总是还没感受到季节变迁，日子却是一年赶着一年。快到腊月，阿庆妈妈患脑溢血住院，他请了一个月的假。我就真正地代替阿庆开始了每天晚上的表演，当我克服了最初的紧张投入表演时，我在脸谱后面看着每一位食客的脸，我走场时，会去跟那些真正流露出崇拜喜欢目光的客人们握手，小孩子和小姑娘们争相向我伸手，好像我的手有神奇魔力，当然，我会"变"出小礼品——中国结，送给他们。依然掌声不断，我知道小芳，哦不，是燕子，也在看，所以，我是专注的。

那天晚上，有一拨食客似乎不太安分，他们三男一女，有两个男的总是不停地叫燕子，一会儿要纸巾，而纸巾本来就在餐桌下方的小抽屉里，一会儿要添开水，一会儿要加汤，而且专等燕子经过时叫。当然，燕子是不厌其烦的。那伙人摇骰子喝酒，一次，燕子给他们添茶水时，那个面红耳赤、飘牙齿的胖子接杯子时蹭了燕子的手背，我看到燕子并没有感觉到异常，再一次，他们叫燕子，说是要加两个菜，燕子记好菜单转身时，飘牙齿捏了燕子的屁股，我看到了，我心底有一团火往上蹿，推着我来到飘牙齿跟前，我伸出手，那桌的女孩子热情地伸手来握，我没有跟她握，我把手伸在飘牙齿面前，飘牙齿不大情愿地伸出手，我压了压火，使足劲儿捏了他的肥手，他似乎感到了疼，急忙往回缩，我在脸谱后面狠狠瞪他的眼神他应该看不到。

如果他聪明地就此打住，就不会有后来的事。可这世上就是有那么一种又蠢又欠揍的人。当他把咸猪手再次伸向上菜的燕子时，我心底的那团火终于没能压住，我冲了上去，我的拳头直接照着那两颗飘牙齿揍了下去，他的同伴很快反扑，志峰和我的同伴们也不是吃素的，于是，餐厅就开始乱成一锅粥，热汤四溅，杯子乱飞，椅子乱砸。最终，是经理和保安出面，才得以控制局面。

飘牙齿那伙人有门牙脱落的，有烫伤的，还有个人身上有刀伤，后来才知是志峰情急之下去厨房拿的刀。经理说："那伙人是这条街上有名的混混，人家背后有人撑腰，不会善罢甘休，你离开吧。"当然，还没等我离开，我就因故意伤害罪进了号子，至于动刀子，没等志峰开口，我说是我干的。

在号子里，志峰来看我。阿庆带着燕子也来看我，阿庆说：

"兄弟，我知道你都是为了燕子，这份情当哥的不会忘，你好好表现，我去找老板说，让他帮忙想法子，争取早点儿出来。"

小芳死了

我打扫完公园，包括厕所，在休息室前的空地上喝杯茶，晒会儿太阳。正是春暖花开时节，花香弥漫，除了锻炼的人，还有许多小孩子在大人的看护下捉虫子，追蝴蝶。也有孩子来问我："爷爷，你今天还做大蝴蝶吗？还做蚂蚱吗？您能不能给我做个树叶口哨啊？"

是的，我经常在工作闲暇时用青草叶子做蝴蝶，做蚂蚱，用树叶做口哨，送给孩子们玩儿。忘了告诉你们，这些手艺都是我小时候放牛时学会的看家本领。

眼前的一切看上去都很美好，没有什么事情再能让我冒火气。比如说昨天，我在扫公园的一段石子路（这是个开放式公园，本来不允许机动车进入），一个小伙子的摩托车声音轰鸣得像飞机，从我身边"嚓"地飞奔，却挂着我的扫帚，车子倒地，我也被扫帚带倒在地，我年龄大了，起得慢，小伙子还骂我瞎了聋了，也不知道让一下。我说，你没事儿就行，记住：这个世上所有的路都不必失急慌忙地赶，悠着点儿。我也年轻过，你还没老过呢。

你们也许不信，这个世上，如果没有爱，只靠强制和暴力是不能让人和世界变好的。

这是我第二次从监狱里出来时就认识到的。

第一次监狱生活，没有让我看到人性的美好。我再次看到了弱肉强食的一面，比如说，监狱里大块头的因抢劫入狱的三胖子和二愣子先是欺负我，后来发现我不是善茬，又去欺负因盗窃新来的小柱子，狱警不是无时无刻都盯着犯人，那伙恶魔总是逮空儿就把小柱子逼到角落里欺负，因而小柱子总是鼻青脸肿还受尽非人的侮辱。

小柱子后来出狱了，但不久又因强奸罪再次入狱。

话说那次我出狱之后，阿庆帮我联系了川西坝子火锅城，我依旧表演"变脸"。此时我和志峰住在一起，因为阿庆和燕子同居了。

不管经历过什么，生活总得继续。好好打工，然后攒钱，找女朋友，成个家。这是我那个时间为之奋斗的理想。

一天，志峰说："阿郎哥，我要回老家一下。"我说："回去吗事？""我那个爹要找老婆，这几年老婆没找到，结果辛苦攒的血汗钱被人骗了个精光，老头子气病了，我不回去谁管他？"

当志峰再次来时，他打开背包，说："哥，小芳妈给你做的鞋，还有好几双鞋垫。她还做了包子让我带给你，我说等我带到，包子早就坏了，才没带。"我问："小芳妈还好吗？"

"不好！眼睛都快哭瞎了。"志峰头也没抬。

"咋了？"

"小芳死了。"

我手上的鞋垫掉了一地。我揪住志峰："到底咋了？"

"都是大宝那个畜生！"

大宝有了几个臭钱，天天在镇子上混，很少回家，说是挣钱。他那个老表自从被派出所清退后，除了偷就是赌，欠了一屁股债，跑不见人了。他那个媳妇耐不住寂寞，就跟大宝勾搭在一起，大宝在镇上租了个房子跟那个不要脸的女人鬼混。小芳在家照顾公婆，拉扯俩孩子。后来听说了风言风语，直到有一天捉了个现行，结果还被那一对不要脸的打骂，小芳回到家晚上就从三楼跳下来，送到医院没有救过来。

我大脑似乎一片空白，又像是群蝶乱舞。

"现在你猜怎么着？"

志峰没有看到我的脸色。

"小芳死了还不到百日，那俩贱人光明正大地住在一起了，你说，啥叫个人情？天理？啥子善有善报，恶有恶报！"

第二次入狱

我清楚地记得，我第二次进监狱五年后的一个下午，辅导员何姐说我表现好，可能会减刑时，我内心几乎没有挣扎地告诉眼前那位让我重生的大姐：我还杀过两个人。

何姐一把把我拉到墙角，那双慈祥的眼睛惊诧得似乎要穿透我的脑袋。

我最后一次回到家乡是杀了两个人的，就是死有余辜的大宝和那个女人。是他俩让我的蝴蝶一样可爱的小芳万劫不复，他俩怎么可能不得到惩罚，还如此逍遥呢？你知道，我练变脸，身手是很敏捷的。我几乎没有任何声响地送那一对熟睡中的人上了西天，我取了那两人各一根手指，用他们的枕巾包着。

月光如水，我把那两个把小芳送上不归路的手指埋在小芳坟前，用树叶盖好。我听不到小芳的声音，也看不到蝴蝶飞，抬头看天，看到一袭黑纱轻轻拂过月亮……

我梦魇般地将隐藏在心底的那个故事讲完，何姐沉吟许久，她不说话，我感觉像过了几个世纪。

我第二次入狱的罪名是故意伤害致人死亡。就像中了魔咒，我总遇到好人，而我遇到的好人为什么又总是会遇到麻烦事，我除了一身力气，还能拿什么来帮那些本不该受伤害的人呢？那时我一直没想明白。

火锅城的老板待我很好，他说："阿郎，好好干，攒着钱，娶个老婆，等到了一定年纪，再做个其他生意，你肯定可以的。"那年底，老板叫无家可归的我跟他家人一起吃年夜饭，还给我包了足足8000元的红包。老板的女儿兰兰单纯可爱，总跟我说："阿郎哥，女孩子可不可以学'变脸'啊？"每当兰兰缠着我时，老板就有事走开了。

生意火爆时，吃饭的队伍都排到了街上。正因如此，有人就盯上了这块"宝地"，先是逼房东涨租金，老板咬咬牙认了，然后又经常有人过来吃白食，老板还是和颜相对。第二年，房东说有事房子不租了，老板说："我跟你签的可是三年的合同啊，不是还有一年半吗？"房东说："老兄，我是真有事，我给你加点儿钱把房租退给你，你回老家去做安生生意吧，这地儿乱，不好混。"老板娘说："凭啥呀，我生意不好时没见说，生意刚好起来，就赶我走啊，老娘就不信这个邪！"

后来就有人来吃饭，借酒滋事，我们一伙员工上前抵挡，老板出来好言相劝，拿出钱来息事宁人把对方打发走。这样的事情接二连三发生，也报过警，结果顶多各打五十大板。有一次，对方显然是不达目的不罢休，不顾老板哀求，带了十几个人全副武装上阵，见人砸人，见东西砸东西，我叫来志峰、阿庆，还有几个勇猛点儿的员工，与对方火拼，我们听不到老板的哀求，我们要讨回公道，当警车来时，现场已经倒下一片。

倒下的送往医院，没倒下的都去往派出所。后来听说对方一死五伤，我方一死八伤。阿庆重伤。老板来看我，说原来对方幕后是岷城一哥刘一厚，在岷城，只要挣钱的行当都有刘一厚的影子。

老板终于认了，给对方赔损失，给房东赔损失，卷铺盖回老家之前，再来看我。他说："阿郎，我每年都会来看你，等你出来我们还一起搭伙。"

我被判了无期，我看透了社会，我玩世不恭。我不想未来，以前想过，现在不想了。

生活的本色

何姐刚出现时，我心底一震，她像一个人，小芳妈？还是很早就抛弃我再不回来的那个女人？似乎都像，又似乎都不像，但她的眼神总是让我感觉熟悉。但是，像谁又怎么样，关老子啥事！何姐对我的野蛮无礼没有生气，她微微一笑，说："阿郎，吃好喝好，想不开的就找我。"我用被子蒙上头，她轻轻退了出去。

有一天，我又犯倔，差点儿跟一个狱警动手。何姐过来，我摆出一副爱搭不理的神情。何姐给我倒了一杯水，说我像她弟弟，然后给我讲了一个故事，是她的故事。那时候，斜阳透过窗棂，光晕洇在她的头顶，她的皮肤透出圣洁的色泽。

她跟我一样出生在农村，父母在一场暴雨过后的滑坡中把她和弟弟护在身下而献出了自己的生命。后来，她和弟弟跟外公外婆一起生活，外公脾气不好，她乖巧隐忍，学习之余跟着贤淑的外婆操持各种家务。弟弟在外公的暴躁脾气下更加逆反，打架、逃学，后来坚决不上学了。她顺利考上学，然后出来工作，嫁人、成家，一切顺理成章。弟弟去了深圳，她抽时间到深圳去看过弟弟，弟弟踌躇满志地跟姐姐说，他将要从事一项伟大的事业，将来会有很多钱。对繁华的都市不太懂的她给弟弟投去鼓励的眼神，她一直相信弟弟，这种爱和相信是无条件的。她从深圳回来不久后的中秋节，收到了弟弟从深圳龙岗寄来的月饼，从那以后，直到现在，十年过去了，再也没有了弟弟的音信，也找不到弟弟的任何线索。

她不再说话，我接过水杯，喝了那杯水。

她个人的家庭故事是别的狱友说出来的。她丈夫是警察，在一次抓捕持枪行凶者的行动中牺牲，她受不了打击欲跳楼跟随丈夫而去，结果被亲属救回，因腰伤在医院待了半年，但是她上大学的女儿却精神失常了。

那天何姐给我送《西京故事》来，我说："何姐，我听说了您家里的事情。"何姐没有接我的话，说："阿郎，你是陕西人，你看看这本书。"是的，我是陕西人，可我对西安（西京）一点儿也不熟悉，但我一开始看，就无法释怀。我用了三天时间，读完了那本书。读完之后，我第一次心静了。

一天，在这所监狱待了30年的老方头出狱后不久在政府给他提供的住所里上吊了，他出狱之前在监狱做了10年的图书管理员，他曾说过他不想出狱。得知消息的那天下午，何姐来到我这儿，我把《西京故事》还她，她又给我一本《装台》，说："同一个人写的。"

那天，她坐的时间似乎较长，她说："阿郎，苦难是生活的本色，不要逃避，不要抱怨。你还年轻，好好表现，争取早日出去，我相信你能生活得很好，因为你有正直、无私的品质底子。"就在那天，我内心几乎没有挣扎地给她说，我还杀过两个人，我最后一次回到老家，杀了那两个冤孽。

何姐摸了摸我的额头，说："阿郎，你有点儿发烧，别说胡话了，你先休息。"

可是我说过之后，仿佛搬掉了压在心头多年的一块石头，轻松了很多，那天，我睡得很香。

五个杯子四个盖子

我沐着下午的斜阳，从睡梦中醒来，看公园里花儿正艳，两只蝴蝶在花丛间翻飞，听鸟儿在头顶啁啾，想着刚才无比真实的梦境：梦到我在家乡山顶放牛，太阳那么温暖，鸟儿飞得那么自由自在，花花依偎着我……我陷入了长时间的迷茫，"浮生如梦"，到底哪是真实，哪是梦？

让我接着讲我那些年的故事吧。

何姐再次来看我时，问我《装台》看完了没，我说看完了。她目光迷离地看着窗外，明明是跟我说话，却又像是自言自语地说：生活可能就是五个杯子四个盖子，而我们总是以为是杯子就得有盖子，每个人都在寻找自己的杯盖，总有人一生都在找，到死也找不到。

我似懂非懂，何姐说："就像《装台》里的刁顺子啊，但哪怕你低到尘埃里，也一样需要爱和亲情，那是支撑你走下去的力量源泉，哪怕你总也找不到属于自己的杯盖。"

"阿郎，"何姐突然认真地叫我，"记住，你那天说的胡话不许再说。"

不久，监狱决定让我接替老方头管理图书室。不用问，这多半是何姐的意见。

何姐说："阿郎，不错嘛，干起知识分子的活儿，好好努力，多看书。"

是的，从那以后，我埋头书堆，努力从中寻找安宁。

岷城最大的黑帮头目刘一厚倒台了！这个消息是何姐告诉我的。她给我带来了《岷城晚报》，在反腐和扫黑的利剑下，刘一厚团伙被彻底摧毁。原来，他为了不断膨胀的私欲，手上竟有二十几条人命。试想，如果我没有进监狱，老板没有卷铺盖走人，今天还有我们吗？据说，刘一厚团伙几个骨干成员被处决的消息一发出，整个岷城的人们都走上街头，鸣炮庆贺。我流泪了，因为老板回去一年就病倒离世，他没有兑现自己"年年来看我"的诺言，他也没有等到岷城天气晴好的这一天。

自那以后，我好久没有见到何姐。

终归平静

何姐病了，而且据说是很严重的病。

我失眠，没有什么能抚慰我对上天失望灰心的心情。人世间，到底是一种什么样的逻辑在支配每个人的命运？小时候，听老人常说"好人好报"，可是又总有许多事例证明"好人寿不长，坏人活千年"这句话也不无道理。我困惑，我试图从哪一本书中找到能让我心灵重归平衡的砝码，却总是像隔着一层窗户纸看世界，困惑依然在我心头萦绕。

见不到何姐，也无法得知她的真实情况，我迫切地多次向队长打听，只知道何姐是患了乳腺癌。日子在煎熬中一天天过去，所有的事情最终总会有一个结果，虽然最后你才发现自己有多么憎恨这个结果。

那个闷热的午后，队长递给我一个信封。已经很久没有收过信了，我迫不及待地打开它。读到一半，我心跳加速，然后，我心如刀绞。

"阿郎，感谢你，在我生命剩下的不多的时间里，让我感觉身边有了一个亲人，或许，你就是我弟弟呢。

"我能感受到你骨子里的善良，这种善良不是世俗的眼光能看到的。或许你曾认为是生活欺骗了你，但其实这就是生活的真面目。我们渴望世间没有暴力，没有凶杀，没有枪声，没有监狱的存在，我们宁愿相信未来会有。人能遵从自己内心去生活何尝不是一种幸福呢，经历越多，就越感到爱的弥足珍贵。

"小郎，姐也有私心呢，我走后，希望你能帮我做些事情。我在这世上的亲人除了你，还有一个女儿，女儿因为她爸爸因公殉职而受了刺激，现还在岷城河堰区精神病院，我除了定期探视，每月要模仿她爸爸给她写信。今后，我想委托你把这个戏演下去，包括我的离去，也要想法隐瞒（后附我写的一些信，你好好读读，能找到感觉），直到她好转出院步入社会，再告诉她真相。你要坚持下去，争取早日重获自由，好带她去她父亲的墓（××公墓林卫民）和我的墓前（我死后当然是和林卫民在一起了）……"

我刚刚把我攒下的工资寄给了王家山小学的那两个可怜的孩子。现在，生活对我来说非常简单，吃简单的饭，把公园打扫干净，晒晒太阳，睡一个踏实的觉。生活为什么要那么复杂呢？

哎，讲一个人一生的故事其实很不容易，好不容易平铺直叙地讲完，却不一定能把内心深处最想表达的东西准确地传达给你们。我其实是想说：我生命中最早让我感受到爱和美好的那只蝴蝶过早被掐断翅膀，我的世界于是就失去了平衡。现在，我不需要去寻求平衡，一切终归平静。

兰夫人的电话

　　本米，这样一个夜晚同一年中的其他晚上没有区别，在兰夫人看来。

　　从单位到家步行就 20 分钟，之所以租这么一个狭窄局促的房子，一是因为离单位和孩子的学校都不算远，二是这种旧的老式房子租金不高。下午 5 点多钟，兰夫人拖着因为坐了一天而显得沉重的步伐朝家走去。她身着碎花翻领的小西服上衣，随意配着一条黑裤子，头发在脑后拢起，戴着近视眼镜，胳膊上挎着黑色皮包，脚上穿着平底软鞋子，步履沉重，但还是尽量把步子迈得快一些，不时地按一下包包，感觉手机有没有振动……记不起这种中年工薪妇女风格的装扮有多少年了，兰夫人不知道街上那些女孩子们七长八短的穿法有什么好看的，而且她也不会搭配，什么打底裤、及膝靴、打底衫、欧版、韩版，一件宽松上衣要搭配小脚裤踝靴或是打底裤长筒靴，头发要披肩、波浪、丸子或是波波，这些在她看来都是自找麻烦。

　　兰夫人每天清晨 5 点 50 起床，她已经不需要闹钟，总是在 5 点 45 左右就已经清醒，但由于不放心，她还是设了闹钟，每天早上先摁了响着的闹钟，再把头放回枕头上眯几分钟，然后起床准备早餐。6点半叫孩子起床，6点40再叫一遍，催促孩子："快，饭快凉了。"她在餐桌边坐下，等孩子磨蹭好了，过来对着餐桌上的几个碗、盘子、碟子，胡乱挑上几口，一边扯着餐巾纸，一边就离开餐桌。兰夫人总是说："再吃两片牛肉""吃两片苹果"或是"牛奶喝完嘛"。但孩子已经在开门了，头也不回地说："你不看几点了，要迟到了。"

兰夫人收拾好碗筷，把剩余饭菜摆好，用罩子盖起来，然后去收拾自个儿，刷牙洗脸梳头穿外套，出门前要给仍在酣睡的丈夫交代，"饭菜在桌上，起来在微波炉热一下。"虽然经常晚上回来那些饭菜还在桌子上，而且又总是她自个儿热着吃。

所以嘛，兰夫人哪有时间和心思去琢磨怎么搭配服装，或是涂抹指甲油，画画眼线的。

同样的，这天晚上，提着菜和牛奶鸡蛋的兰夫人回到家就放下包，换上拖鞋和居家服，烧上开水，开始淘米洗菜，眼睛还不时盯着墙上的挂钟，一会儿又出来把放在餐桌上的手机拿起来，把来电铃声调大，她时刻支棱着耳朵，害怕漏掉某个电话，比如丈夫会打电话来说晚上不回家吃饭，孩子会不会要去买辅导资料晚点儿回来什么的。

好像电话响了，她连忙用抹布擦了擦手，赶快出来接听，一看是陌生号码，她就有点儿不耐烦。可不是吗？她现在只要在家，双手总是在洗衣盆里、洗碗池里，或是提着菜、和着面什么的，时间都是卡着点儿，环环相扣，哪有心思去接陌生电话。但是，但是……电话毕竟响了，她不得不出于礼貌地接了电话，有点儿勉强的声音急促地说："喂，你好！"

"你好啊，郭大主任，听到你的声音简直是春风拂面啊！"

对了，兰夫人姓郭，她的丈夫姓兰。在她还是电台主播时，大家就叫她"兰花花"。丈夫每次出去应酬，总要带上她。那时的丹水市里，人人都为一睹她的芳容为荣，跟她一桌吃过饭的，回去得叨叨好些天，传说她的声音是比中央人民广播电台的播音员还要甜，她笑起来酒窝能盛下两个樱桃，她吃饭都是数着粒粒吃……随着丈夫事业发展，她转行到了省城一家事业单位，随后，大家就叫她"兰夫人"了。

"请问您是？"兰夫人的嗓音并没有随着岁月沉淀而沧桑，依然是当年"兰花花"的甜美主持人的声音。

"哎呀，郭大主任可真是贵人多忘事啊！我是省台的张有光。"

"哎呀呀，实在抱歉，张台。我这围着锅碗瓢盆转呢，耳朵也不灵光了。"兰夫人把手机换到左手，右手洗菜。

"那就长话短说，我这儿有一个您的故知，我们在一起开会，人家跟我打听丹水电台的'兰花花'，我说'你算是找对人了，那当年就是我们丹水的奥黛丽·赫本'嘛……"

对方短说的话还这么长，兰夫人不时扭头看看墙上的挂钟。

"张台，您再说我可要找地缝儿去了。我现在不过是普通家庭主妇一枚，这不，一只手拿着电话，一只手伸在池子里洗菜呢。"

"哎呀呀，郭大主任，我倒想怜香惜玉呢，又怕醋味弥漫呢，哈哈哈。好了，我把电话交给你的故人。"

什么故人，真是，本夫人现在心里只剩家人了。

"喂，你好。"这是一个陌生的浑厚的男声。

"您好，恕我耳拙，请问您是？"兰夫人直入主题。

……

电话里沉默了一会儿，兰夫人洗好了菜，把手在围裙上搓了搓。

"您还记得省军区吗？"

"当然记得啦，离我家不远，我经常路过啊。"兰夫人疑惑地答道。

"哦，26年前，您借军区的门房换衣服，还记得吗？"

"是吗？"兰夫人迅速打开脑洞。她把手机放在灶台上，开着免提，开始揉面。

"是啊，您急急忙忙，当时穿了一件红红的风衣，长长的披肩发，我记得清清楚楚。"

"哦哟，应该是有那么回事。我去参加过省电台的面试，换衣服？您怎么记得这么清楚啊？"

"我就是当年在军区门口站岗的那个小兵。"

"咦，可真巧啊。您怎么跟张台跑到一起了？"

"我们在一起开会呢。"

"是吗？您现在哪儿高就啊？"

"军区宣传部。"

"真不错啊。要不这样，让张台把我的电话号码给你，改天我们再联系啊。今天因为孩子快要回来，我得赶快做饭了，抱歉啊。"

看着钟，兰夫人不等对方回答，赶忙挂了电话。

入夜，兰夫人拖着酸困的腰身躺下时，一缕如水月光从楼房间隙洒进窗户。

"26年前……电视台……面试……省军区……换衣服……"兰夫人脑海里隐隐约约翻起一点点往事的影子，她翻个身，睡着了。

第二天，上班、下班、买菜、做饭……一切照旧。

第三天……

……

孩子终于期末考试结束，回丹水姥姥家玩儿去了。兰夫人依然上班、下班，只是暂时不用边急着做饭边盯着钟表了。丈夫不回来吃饭的时候，她可以跟同事去逛一下街，或是去公园走走路。

电话又在包包里振动起来，兰夫人掏出电话，又是陌生号码，不是辅导班，就是推销商铺的，再不就是护肤品专柜。兰夫人边想边接了电话："您好，哪位？"

"郭主任，是我。"

"您是谁？"

……短暂沉默。

"郭主任的确是贵人多忘事，上次不是您说回头联系的吗？"

"是吗？电话太多了，您到底是？"

"省军区、小兵。"

"哎哟，上次忘了问您贵姓呢？"

"不用贵姓了。我得感激您呢！"对方说。

"感激我？您可真高抬我。"兰夫人笑了。

"真的。当年，我只是一个小兵。当你跳下汽车急匆匆走过来，跟我说想从我们这儿借个地方换一下衣服时，我心里就想，这世上竟然有这么漂亮的姑娘。按规定，我们单位是不能让其他人进入的。但你焦急地恳求，说是要去电台面试，汽车晚点，这会儿时间马上就到了，没地方换衣服。是的，您当时身上的衣服是揉皱了的。"

"哦，我想起来了。我当时应该是很狼狈的，从丹水坐汽车颠簸了几个小时赶到省城，又从汽车站坐公交车往电台赶，下了公交，眼看快到点了，衣服还没换。我看到省军区的大门，看到身穿军装的你们，心想找你们是最放心的。"兰夫人想起来了。

"我大着胆儿，让你到我们门房去换衣服。当你换好红色风衣，梳好头发出来时，我以为自己眼睛花了，天哪，这是七仙女下凡了吗？你记得我当时找了纸片记了你的名字和地址吗？"

"有这回事吗？"

"有啊。看着你远去的身影，我就想，我一定要联系你。但是，我只是一个穷当兵的，我拿什么去面对你呢？我得努力，努力到能平等地面对你。"

兰夫人沉默。

"三年后，我职务晋升了。我拿出珍藏的纸片，上面只有五个字：丹水，郭青青。我跟自己相遇的所有知道丹水的人打听郭青青，可是，你就像一粒珍珠沉入大海。我一无所获，甚至，我休假时还去过丹水。"

兰夫人看着眼前的草地，有些模糊。

"就在这漫长的找寻和等待中，我不断激励自己，要努力，做更好的自己。直到我终于怀疑你给我留的名字是否真实时，我不得不成家了。"

兰夫人想说，那时在丹水，要是问兰花花，大家可能都知道。

"上次开会，遇到张台，听说他是丹水人，我就问他，不想还真问对了。这是天意吗？"

兰夫人苦笑了。"真感谢您当年冒着风险给我提供方便。"

"时间真快啊，一晃就是 26 年。"

……

这时，兰夫人已经走到家楼下了。"丈夫应该快回来了吧，不回来也该打个电话吧。"兰夫人想着。

　　"要不您先忙着，等有机会咱一起吃个饭。放心，我只是想看看26年了，当年的七仙女是不是现在成了王后模样，呵呵呵。"对方可能感觉到了长久的沉默。

　　忘记是怎么说的再见，兰夫人挂了电话，开门进屋，家里空无一人。她放下包包，掏出手机调大声音放在桌上，换上居家衣服，进了厨房。兰夫人支棱着耳朵，看看时钟，忍不住拨了丈夫兰先生的电话，问回来吃饭不，"晚上有接待，嘟……嘟……嘟……"。

灯　笼

　　"华县长、冯主任，太感谢你们，党的政策多好啊，退休了还让领导年年惦记，跑这么远路来看望，饭都不吃一口！"

　　发须跟白雪覆盖的麦田一样的张老师颤巍巍地拉着两位领导的手，送他们到车边，身后是今年刚从交通局长位置上退二线的大儿子静民。

　　汽车发动，张老师抬起颤巍巍的手对着车里的两位领导用力挥手，大声说："领导不嫌弃，下乡路过来喝口水啊！"汽车车窗缓缓闭合，张老师挥动的手还放不下来，目送汽车扬起的薄雾。大儿子扯了扯张老师衣袖，示意他赶快回家。

　　张老师转身往回走时，用已经老花多年的眼睛瞟了一下离他家不到两丈远的荣家气派的门楼，大门虚掩，悄无声息。张老师踱着慢腾腾的八字步，不慌不忙地转回到自家整洁的小院，顺手捻起重孙女丢在花坛边的一个糖果纸，蜡梅在墙角散发出幽幽香气。

　　在水池边洗菜的老伴儿说："老张，你都多大年纪了，人家是来慰问静民，你非要觍着老脸往前蹭。再说你都不听。"教育局的领导昨天才来慰问过老张。"瞧你那腔调高的，巴不得十里八乡都听到，好像天天慰问你似的。"

张老师瞪着眼睛，翘着胡须，说："富贵不归故乡，如衣锦夜行。头发长，见识短。"

攻读经济学博士的大孙子景轩笑着对爷爷说："爷爷，锦衣夜行才有风度嘛！"

张老师用手捋了捋头顶日渐稀疏的白发，不屑地在鼻孔里哼了一声，回上房去整理这两天领导慰问带来的物品。

过了小年就是年。年饭桌上，张老师照例要从他自己规整的"库房"里拿出一瓶瓶的酒，展览一番后，选中一瓶让孙子打开。二两酒下肚，便开始重复年度"例行节目"：

第一篇章是忆苦思甜，主要内容是小时候饿饭，在路边捡坏掉的青柿子吃。

第二篇章是控诉恶人，围绕"远亲近邻里那些当年嫌贫爱富，如何对收入微薄、食不果腹的自己嘲笑挖苦"来展开。

第三篇章是家庭教育，先说自己当年对父母如何孝顺。然后教育儿子儿媳孙子孙女们要会过日子，诸如烟酒礼品要拿到商店换成鸡蛋。不要买汤汤水水的东西送人，顶不实惠。衣服要买大一号，多穿两年，衣服口袋要多，能装东西。出门煮些熟鸡蛋带上，买的饭顶不实惠……

说到第二篇章，孙子孙女都出去玩去了，到第三篇章时听众只剩儿子，儿媳妇去厨房收拾了，老伴儿眯着眼睛打盹儿。张老师发现听众减少，吩咐女儿，去喊你嫂子，坐这儿歇歇，厨房不着急收拾，过年嘛，拉拉话，急恁很干啥！

张老师对今年的"年例会"氛围比较满意，退二线的大儿子手机很清静，不像往年老是嘀嘀响，手机或电话一响，他的思绪就被扰乱，忘记自己刚才说到哪儿，又得"返演"一大截。

"年例会"一直持续到春晚节目快开始，大儿子起身去书房。张老师看了一眼儿子的背影，这个儿子一点儿不像自己，局长干得好好的，非要再三申请提前退，回到这个乡下来，每天就写写毛笔字，种些花花草草。

唉！张老师轻轻叹了一口气。

饺子都端上桌了，没见了外孙女，老伴儿在院子里喊了几声都没人应，正要出门去寻，隔壁荣家大孙子荣生搀着外孙女往院里来，外孙女蜷着一只脚不能着地，荣生说："奶奶，小茹骑自行车在山嘴那儿摔倒了，快看看是不是脚崴了。"

老伴儿赶忙搀过外孙女，静民闻声出来招呼荣生到家坐。荣生说："自行车还在路边，我去给推回来。"景轩跟着一起去了。

老伴儿和女儿赶忙给外孙女检查伤势，涂红花油。

张老师说："先不能揉。要用冷水敷……荣生这孩子倒是不错，见人有大有小。不像他爷和他老子，一辈子高傲，尤其是他老子荣发当了秘书长之后，老爷子眼睛差点儿都瞅到天上去了。"

老伴儿说："把镊子给我递来。"张老师一手拿着镊子，一手端着茶杯，说："要不咋说人不能高傲呢，这下可好，荣发跟他爹一样，总是在男女事情上不干不净，今年这一出事，虽说公职还在，但名声孬了，还不是跟平民百姓一样。待在家里，都不好意思出来见人，也没人上他家门。"

老伴儿从他手上夺过镊子，说："你那张嘴能不能歇歇，呱呱呱的不嫌累？"

荣生和景轩一起把车子推回来，支在院里，用抹布把泥土擦干净。

张老师说："荣生，你爷和你爹在忙啥，也不出来转转？"

　　"我爷下象棋呗，我爹还是鼓捣他那些宝贝石头，昨儿个又从丹江边捡了个宝贝，雪青色的石头上有着栩栩如生的梅花图案，他还说要把这块石头仔细处理好送给静民叔呢。"荣生说，"张爷爷，有空儿去我家下棋，我爷说，自从黄大爷去世后，这马王坪除了您，再没有人能让他下得过瘾了。"

　　张老师愣了一下，对着正要跨出院门的荣生说："跟你爷说，我明儿个就去跟他下。"

　　静民对荣生说："我跟你去你家看看你爹的宝贝石头。"

　　老伴儿说："静民不吃饺子啦？"

　　静民说："你们吃吧，我不饿。"

　　鞭炮声此起彼落地在马王坪的群山中回响。河两岸人家门口的灯笼映出了丹江河日渐干涸的曲线。

　　静民记起小时候和荣发在丹江河里洗澡游泳的情形，那时的河水多旺实，有次静民差点儿被淹死，荣发拼死把他拽了上来，自己也被呛得半死不活。

　　如今这河，鸭子在里边都凫不起来。

付先生的不眠之夜

对付先生来说，这注定是一个不眠的夜晚。

明天就要搬离这所凝聚了他多年心血，让他感觉充实的老宅子。

这个宅子大概与付先生的爷爷同龄，建于清末，住过乡绅名流、做过政府单位，空置多年后成了付宅。

睡不着的付先生来到后院，月亮拉长了他的影子。

他推开后院两间房门，用手电扫了一圈，确认里面的东西都已搬走。这两间房子是在他买下前边几个院子后，又费尽心机从邻居手里买过来的，当时，那就是三小间破旧的土坯房，他又花了很大工夫从地板到墙壁到房顶全部重新改造了一遍，但一年里也就进来几次掸掸灰尘。

正月的深夜还是有点儿凉。他穿过廊道朝前院走，廊道里堆着大包小包，里面全都是各个房间整理出来的老旧古董和生活用品。整理的时候，还发现了几年前儿媳从北京寄回来的全聚德烤鸭，过期 32 个月了。一盒生病住院时别人送的进口奶粉，过期48 个月。有一箱过期 58 个月的猕猴桃汁，里面少了一瓶，付先生百思不得其解。老伴儿的数落提醒了他，"这还是儿子给你买的。还记得那年夏天，儿子从外回来，因口渴喝了一瓶猕猴桃汁，还被你唠叨半天，现在好，过期扔掉你心里就舒服了？"

付先生想起了："是呀，在家里不喝开水，还喝饮料，不叫浪费叫啥？"

付先生幼年时，赶上三年困难时期，缺吃少穿，他那时寄人篱下，常常饿得偷偷捡烂柿子吃，晚上趁主人不注意偷一把生麦子吃，第二天被精明的主人发现，鼻子不是鼻子，脸不是脸，指桑骂槐。

这些饥饿的记忆融入他的血液，一辈子没有代谢掉。

他不断地屯东西，他有许多的东西要屯放。最多的是吃的。

于是，临退休前，他就东挪西借地在单位附近买了这座有着20多间房子的老宅子，然后就开始了精打细算的日子。

出了老宅子的门，左拐200米就是镇子的集市，退休后的付先生每天去集市上转悠，有河南来的水果蔬菜贩子那蔫了的橘子、土豆、黄瓜、茄子，他就磨到最低价，一袋子一袋子地搬回家，老伴儿说，买这么多不新鲜的，又吃不了。

付先生气得涨红了脸，给老伴儿算起了账：其他新鲜的两块五一斤，我这买的五毛钱一斤，你算算便宜多少？就是吃一半倒一半，也比新鲜的划算嘛！

付先生退休前先后担任过单位的会计、出纳，算账是他的长项。

他常出去到邻省的古旧市场，去淘各种据说是经朝历代的古董，当然都是不花多少钱的小物件，比如发了绿毛的古钱币，发黄的布票粮票等。虽然这些东西全国各地都能见到，但付先生相信自己的眼光，他买的肯定是独一份，若干年后肯定会很值钱。

逢年过节，亲戚朋友们来看望，带来的礼品，他是不允许别人插手的，他亲手一件件地检点，一趟趟地搬到专用库房里，分门别类地整理放好，门上的钥匙是牢牢系在他裤腰上的。他的各类专用库房越来越多，比如有这么一间：里面木头做的架子上摆着各类瓷的、玻璃的空酒瓶，木头的、硬纸板的各类包装盒……他说："这些东西，等我百年之后随着棺材一起埋到地底下，几百年后就是古董文物。"

库房钥匙越来越多，到第25把时，付先生觉得腰上有些太沉。他就请街上的铁匠给打了一个钥匙盘，把这些钥匙从1号编到25号，挂在钥匙盘上，把钥匙盘放在书桌抽屉里，锁上，然后只把这一把抽屉钥匙挂在腰上就可以了。

付先生的书桌上除了一本《糕点制作大全》和一本《偏方治大病》，便没有其他书了，其他的书在他看来都是无用的闲书，一不治病，二不变钱。他的书桌主要是用来记账和算账用的，那两本书上面放着眼镜、账簿，桌角挂着算盘。

退休前，付先生常说退休后要和老伴儿到全国各地旅游。退休后，他就发现这太不切实际了。他没有时间呀，这么大的院子，这么多东西，每天要收拾整理，就这，老伴儿还一早一晚出去锻炼，真是不知道操心！他也不能远离这所老宅子呀，因为常常有远方亲戚，近处邻居，不远不近的同学们登门拜访，这些人一进院子，就先赞扬这所宅子真大！付先生你真能干！这时，付先生就满面红光，热情地把客人迎进来。

也有人设身处地地替他着想，说："儿女们离得远，就你老两口在家，要这么大院子干啥？"

这时，付先生就拉长脸，说："你先坐，我这还有点儿急事情要忙。"

……

付先生边走边回想自己这大半生的不易，他缓缓挪步到西院时，月亮已经偏到房顶另一侧了。

自去年得了一次有惊无险的脑溢血后，他的行动日渐迟缓，双腿时常肿起，走路时脚是在地上擦着的。

西院里有一口老井，已经多年不用。井边他栽的一株葡萄树已经爬满半个院子，这个院里的几间房屋半年也不进去一次的。葡萄藤里传来"吱吱吱"的声音，看来这个小院已经成了老鼠的乐园。

原来孙子在家时养过猫，但孙子去外地上学之后，付先生觉得那小东西的食量越来越大，而且胃口已经习惯了肉类和精粮，日常剩饭它们都不搭理。这可是一笔不小的开支，付先生把猫送给别人，给孙子说是那家伙自己跑出去不回来了。

等付先生回到卧房躺下时，天已透亮。里屋里老伴儿还睡得正酣，扯出均匀的鼾声。"哎，这老婆子，一丁点儿都不知道操心和忧愁，这辈子都改不了了。"

付先生真舍不得这座老宅子呀！可儿子说这房子太老旧了，常年忙着修补，不停地往里贴钱。而且房子高低错落，走路要上台下坎的，担心两个老人腿脚不灵便，不安全。所以反复跟他做工作，要拆了重新建新式带电梯的房子，让他和老伴儿晚年住一住现代化的新房子。

筹划买房子时，付先生就是儿子现在的年龄，那时他是刚强的，容不下别人的不同意见。但是，他没想到衰老来得比想象的要快，衰弱的身体不容他固执己见了，老伴儿也跟他做工作，他拗不过众人的意见，最终同意了。

第二天刚吃过早饭，帮忙搬家的亲友们就来了。付先生整理了半个月，做好标记打好包的东西装了五卡车。亲友们问："还有吗？"

付先生红着眼圈直摇头："还有好多，都让他趁我不注意送给别人了……"

付先生口中的"他"指的是儿子。如果不是他坚持，要依儿子的，他积攒了这些年的东西恐怕连一车都剩不下。

"这也没用，那也没用，好像自己有钱得很！哎！"

付先生这些年不放过一次跟儿孙们在一起吃饭时的共聚时间，跟儿子、儿媳和孙子讲自己过去受苦受难的历史，尤其是年饭时，他要让准备一大桌子菜，鸡鸭鱼肉一个都不能少，说是他提前一个月买的，比年跟前的便宜一半还多。现在又不缺吃了，过年就要剩下才好，剩了下顿再吃。

看着满桌的菜，他心里踏实。

中午12点，儿子放过鞭炮，年饭就开始，当老伴儿举起酒杯说过一番祝福话语，儿子、儿媳、孙子都给他敬了一番酒后，付先生的忆苦思甜课就开始了，他把讲了无数遍的故事再讲一遍，他讲自己饿肚子的凄惨，讲自己差点儿被饿狼吃掉的惊险，讲自己亲戚的狠心，讲自己省吃俭用、勤俭持家的成就……往往是一边讲，一边自个儿难受得擦眼泪，孩子们就陪他坐着，手头忙着自己的事情，孙子低头看手机。一直讲到春节联欢晚会开始，老伴儿和儿孙都看着电视了，付先生才意犹未尽地走出房门，到院子里检视去了。

他想："我跟他们讲了这么些年，还是左耳朵进，右耳朵出。"

这五卡车东西只有一卡车是运到新住处去的。剩余四卡车分别运到付先生提前租好的两处民房里去。要搬去的临时居所是带电梯的一室一厅套间，用不上也放不下这些老物件。

付先生看着自己积攒半生的东西，哪个都不舍得丢。儿子说："你那些东西就是再放也不值钱，放得久了送人都送不出去，最后还值不了你租房的钱，还不如现在谁要送给谁，还有人情在。"

付先生哪里肯听儿子的呢，他还是把那些东西一件件都换个地方存起来，天天盘算新房建好后这些东西怎么往新房里布置。他还想给自己建个家史馆……

出乎付先生意料的是，他已经搬出去了，儿子说旧房拆建因为要挑吉日，还得等一年多时间。

没有那么大的院子需要打理，时间多了起来。大哥、大妹都去世了，在外地的小妹也已经快70岁了，小妹让儿子开车，约着付先生老两口去旅游，大城市的旅社咋那么贵，他让找便宜的，几十块钱一晚的，还真就找不到。

在上海黄浦江边吹风，有啥意思？他想去看看上海的菜市场，拗不过他，妹妹只好让儿子陪她去。

……

到了新的临时居所，因为不常下楼活动，两个月后，记忆跟着身体一起又衰退了一些。

他不常提起那些老物件了。后来有一次晚饭后跟老伴儿坐在沙发上唠嗑，他把租的那两处房子说成一处，另一处他想不起来租的是谁家的房子，在哪个地方了。

又过两个月，他每天的活动范围减小到这一室一厅套房和楼道空间，外交活动就是去街道菜市场找便宜水果和便宜菜，主要工作内容是指导保姆捡削买回来的土豆，教她做蜂蜜和西红柿酱、豆腐乳等，然后再把这些东西分别装好，贴上标签，按类摆好，冰箱里也是满满当当。

付先生每天吃过饭和睡觉前都要检视一遍，看哪些被保姆挪动了位置，哪些量少了些。然后记在本子上，免得睡一觉起来就忘记了。

半年后，有老友来探望聊天，问他吃过早饭没？

答："没有嘛，还没有吃……"

老伴儿朝老友挤挤眼，意思是早已经吃过，老头子不记得了。

付先生最后两个月里，几乎不走出楼道。因为他一下去，再回来时总是推错房门，最终是他错进的人家把他送回来。儿子回来看他，问他认识自己不？他说认识，说出来的却是孙子的名字。孙子通过视频跟他说话，他冷声冷气地说不认识。

这时，付先生已经完全记不得自己租的房子囤放的那些宝贝东西了。

最近，他常常夜半从梦中醒来，再也难以入睡。梦里，他常常感觉到饿，他捡回来好多有些坏了的土豆、柿子、橘子、苹果，回来却没地方放……

付先生是我的爷爷。

他不仅教会了我节约，每每回想和他在一起的时光，我就不得不重新思考我的人生，尤其是我要和物质建立怎样的关系。

哈里国王

你们可能还不知道，哈里终于当上国王了！

"普天之下，莫非王土。"哈里国王在辽阔的国土上跺跺脚，天地间传来回声。"嗯，电视台应该把哈里国王登基的消息传播出去。"走向皇宫的路上，哈里国王心里想着。

"喵。"皇宫里的御猫胖得挪不动身子。怎么没人给猫咪洗澡呢？"来人哪！"国王喊，依然是回声传来。

太阳明晃晃地悬在头顶，天蓝透了，没有一丝云彩，哈里以为自己掉进了澄蓝的湖水里。哈里嗓子冒烟，水呢？那大片的澄蓝的湖呢？

见鬼，遮挡烈日带来丝丝凉风的树木哪里去了？哈里擦着额头上不断沁出的汗珠子。

哈里大概忘记他脑海里回想的湖水啊、绿树啊这些事物已经是 3280 年前的东西了。

3280 年前，46 岁的哈里是赫赫有名的大如是国王子。那时候四季分明，风调雨顺。只是冬天慢慢变短，雪越来越少，冬天需要穿的衣服也越来越薄。而这些只有皇宫外面的人才能感觉到。皇宫里面四季如春，一年 365 天，人们都是穿着差不多薄厚的漂亮衣服，女王每天一套新衣服，如果两天穿了一样的衣服会被天下人嘲笑她邋遢，会被贴上最差着装者的标签。女王戴过的帽子已经在一间大大的房子里堆满了，有 8 个侍女专门为这些帽子除尘。

大臣汇报说，大如是国北方地区连续 3 年 4 个月 12 天没有下雨，供应给皇宫里的水量越来越少，那些猫都只好两天洗一次澡，女王游泳池里的水 3 天才换一次，草坪喷灌由每天 6 小时减少到 5 小时……

"从南方再引水过来嘛！"女王放下水杯，轻轻一挥手，打断了大臣的话。

"女王万岁！"北方还活着的灾民被调到南方修引水工程，可以喝上水，吃饱饭了。

法桐树都变绿的时候，女王开始在她的大如是国进行例行巡查。"哦，怎么越穿越少了？有伤风化嘛。"虽然隔着车窗玻璃，78 岁的女王眼神依然很好，这得归功于她每天吃 3 对鱼眼睛。

是啊，看看街上的人们，臂膀和大腿都露在外面，这才 4 月嘛。

于是，西装革履的省长在空调办公室开会，要求国民们注意大国形象，衣装齐整，不得袒胸露背。市长要求各县县长都在视频会议室里收看省长讲话，并组织学习，认真传达。大千镇王镇长因为镇会议室空调坏掉，穿着背心、挥着蒲扇参加视频会议，被市长点名，县长免了大千镇王镇长的职务。

"女王万岁，皇家科学院的刘院士研制出了能调节温度的衣服，这实乃我大如是国国民之大幸！"

据统计部记载，空调衣服在大如是国好像流行了 1 年 2 个月 16 天。

人工智能飞速发展。市民们也可以像女王一样,不用亲自在烈日下行走了。你看啊,我们在电影上看到的美丽的 Rose 小姐要是到了饭点,助理只消对着墙壁说出牛排或沙拉的名字,10 分钟后,美味的食物就通过一个米色管道从像百合花瓣一样的窗口进来,机器人可可把那些漂亮食物送到 Rose 小姐的餐桌上,那餐桌是可可一按按钮,从墙壁上弹出来的。

哦,天哪!机器人送外卖可是 10 年前的事儿了。

神经错乱的人才会一不小心溜到外面去呢。干吗要出去呢?

早上醒来,也可能是中午吧,随你什么时候醒呢,为什么要按点起来?起来做什么呢?

John 先生只要睁开眼,智能女佣点点伸出纤指轻轻一点,John 先生体内的垃圾就被清理到床下的一个器物里,再顺着管道流到遥远的地底下,器物盖子合上的时候,一股香水的味道在房间里弥漫。自动盥洗器从墙上伸出来,一双绵软的像绸缎一样的手为 John 先生洁牙、梳须、净脸,包括鼻孔、眼角、耳朵都给你清理干净了,头发一丝不乱。

可是,天知道为啥要收拾这么干净,给谁看呢?

5 年前,许多像 John 一样的先生们还要被一个自动管道运送到一座摩天大楼里去,坐在一个黑匣子前处理各种事务。既然一连许多天都不需要跟同事说话交流,所有事情都在黑匣子上解决,为什么还每天要去那个大楼里呢?让许多管子在空中颤抖。

于是,先生们和女士们都在自己的房子里处理事情了。

John 先生不知道自己有多少个孩子,不知道他们在哪里。谁是他的妻子?这不重要吧。反正他的精子被机器人取出来,在一个玻璃器皿里同许多个卵子结合,把这些受精卵放在一个个类似子宫的坛子里,加入各种元素,他们(她们)就会长成胎儿,6

个月就发育成婴孩取出来了。

哦，天哪，幼儿园？学校？这是哪个世纪的名词？孩子们脑子里植入的芯片，里面的知识涵盖了大千世界所有你能想象得到的知识，他们（她们）只要会动手指头，会动嘴唇就可以了。

天上飘起了面粉一样的东西，地面白花花一片。空调衣服可是只会产生凉风。现在掌管大如是国的这一代人不知道什么叫冷啊。没关系，皇家科学院的院士们知道怎么制造热风。所有的大楼里都像春天般温暖，忘了，他们已经不知道什么是春天、夏天了。花不是一直开吗？蔬菜水果不是不分季节在大棚子里一茬茬地长吗？

哎呀，我扯得有点儿远了。反正大如是国真是发达极了，先进极了。火星国的小伙伴们来大如是国考察，都惊奇地张大嘴巴，嘴唇都快挡住胡须了。大如是国人给小伙伴们喝的水是经过净化的海水。

火星国的小伙伴们离开两年后，大如是国国土上的海水变成湖泊了。女王号召国民们节约用水，衣服可以干洗，可是体内的排泄物得冲走啊。史料记载，20000年前，这片土地上的人们是直接在野外土地上排泄，不用水冲。那时候人们的衣服是在河里洗，洗完水还在河里。是的，那时候不用洗车，不用冲街道。嗯，人们自己动手种粮食、蔬菜，自己织布，自己用腿走路，顶多骑骑马、牵牵骆驼、赶赶牛。可是，你们愿意去过那样的日子吗？女王问。女王为什么要这样问呢？国民们即使愿意，他们那臃肿的硕大的身体愿意吗？

人越来越少了，生孩子干吗？为什么不生，让机器人生，反正不要自个儿生，可是，可是……不管谁生，生了干啥呢？老了也是机器人给洗澡，给做饭……要孩子干啥？

哈里王子被机器人医生告知患了脂肪癌的时候，他做了一个重大决定：要求大如是国最顶尖的生命科学家为他实施冷冻术。当然，哈里王子想当国王的念头已经在脑海里盘旋了多年，他只要长生不老，总是能实现自己的理想啊。

当大如是国的大臣和国民们最后认为水像眼泪一样少而珍贵时，国民只剩下不到三分之一了。只有距离大如是国皇城5600公里的雾云山里那群人还健康快乐地生活着，他们自己种粮食蔬菜，用棉花织布或者用兽皮做衣服。雾云山人的祖先在1836年前的那场雪灾时就已经在这里生存了，那场雪才下了1年3个月零5天，大如是国的国土上已经只有麻雀还在唱歌。活下来了二分之一的人，因为大雪，温室里的粮食蔬菜也长不快，只能够三分之一的人维持生命。祖先的祖先则是在3200年前的那一场旱灾里逃到这里生存下来的。那场旱灾持续了3年零28天，都市人（人们都在都市里）家里的水管每天只能滴几滴水出来，市长也一样，虽然他家是最后断水。雾云山里泉水叮咚，鹿儿蹦跳，羚羊优雅地漫步。

也就是说，当笼罩在大如是国周围的大气层像烧水壶一样温度慢慢升高，人们慢慢适应越来越高的气温环境，直到某一天，人们都无能为力地被蒸发掉之后，也没有人想起来被冷冻着的哈里王子。机器人？哪来的电呢？机器人身上早已经锈迹斑斑了。

是的，冷冻的哈里王子慢慢解冻了。他醒来后，发现没有人能跟他竞争王位了。这时候，他不知道泱泱大如是国仅有的5800个国民在5800公里外的雾云山，直到他在皇宫里寂寞地闭上眼睛。雾云山人有部落，有首领吗？当然，只要有人的地方。